夏小希（简体字版）

MISS XIA (A NOVEL WRITTEN IN SIMPLIFIED CHINESE CHARACTERS)

B杜

British Library Cataloguing-in-Publication Data. A CIP catalogue record for this book is available from the British Library.

ISBN 978-1-915884-32-9 (ebook)

ISBN 978-1-915884-31-2 (print)

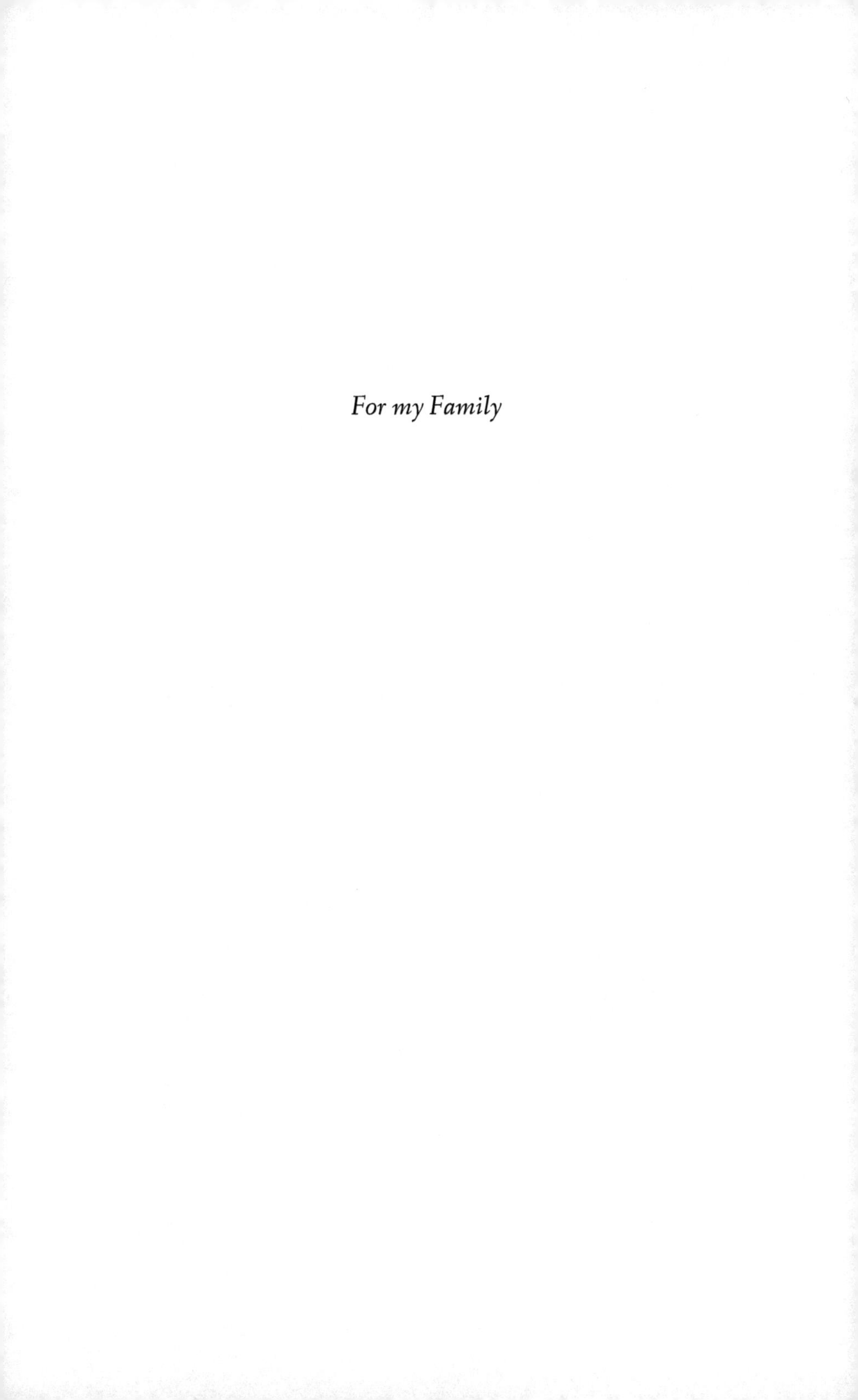

For my Family

第一章／没爹的孩子

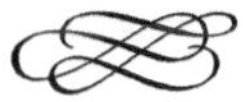

夏小希的父亲有1/4的南欧血统，体貌特征是白皮肤、暗发色、大眼睛、高鼻梁、身材匀称等。也正因为这一身的好皮囊，一个在烧味店负责斩切，连张像样的文凭都拿不出手的师傅才能让一个女人倾心，不仅甘心为他生儿育女，而且主动冠上夫姓。

"在妳之前，我还怀过一个，男的，可惜在妳父亲的拳打脚踢下，最后流掉了。"夏母边缝补衣裳边不带感情地说，昏黄的灯光下，显得越发凄凉。

"妳一定恨死他吧？！"夏小希说。

"恨过，但又有什么用？"她母亲停下手中的动作，若有所思，"也不知他在美国过得怎样，别又给妳带来弟弟妹妹们，他这个人啊！光说不练，但有些女人就喜欢那调调儿。"

这段对话除了说明夏小希的父亲颇受女人欢迎外，还间接点出这对母女的处境。据夏母交代，"那个男人"听信朋友的花言巧语，选择到美国赚白花花的美元，结果跳船后便音讯全无，成功把债务留给国内的妻子和女儿。换言之，夏小希打从有记忆起就没见过这个"人渣"，若不是墙上挂着一张全家福照片，她恐怕要怀疑母亲无中生有，为的是掩盖未婚生女的难堪。

"妈，我们什么时候搬家？"夏小希问。

"等还清债务再说。"她母亲答。

"那得等到什么时候？"

"快了。"

这句"快了"，夏小希等了近十年，从小二等到高二，再不搬，她和柳易就要"被成婚"了。

"妳知道同学们怎么说我和柳易？"她问母亲。

像往常一样，只要牵扯到流言蜚语，夏母一概沉默以对。

等不到母亲的回复，夏小希主动公布答案——同学们说她是柳家的童养媳。

"怎么会是童养媳？"夏母惊呼，"当童养媳苦死了，哪像柳老板，一直对妳客客气气的，就别提他还给学校捐了一大笔钱，好让妳能跟柳易一样入读私校，妳呀！就知足吧！"

夏小希承认母亲说的是事实，但这并没有解开她长久以来的心结，好比一向勤快的母亲，为什么总要把清洗碗盘的工作留到夜里十点以后？

"缝好了！"夏母递过来手中的蓝裙子，"妳试穿一下，看长度够不够。"

学校规定女学生的裙子得过膝，夏小希起初不以为意，直到朝会时被教导主任当众点名，这才火急火燎地向母亲求助。

"过膝了没？"已经换上学生裙的夏小希原地打了个转后问。

"过了。"她母亲直勾勾地盯着她瞧，"还好裙子预留了长度，待会儿熨烫一下就行。"

"妳为什么这么看着我？"

"以前没发现，今日一看，原来我女儿已经长这么大了。"

夏小希睨了母亲一眼，反问难道饭都白吃了？如果她没长大，做母亲的才要着急呢！

想当初搬进柳宅时，夏小希的身高尚不足一米二，如今却已亭亭玉立，而且身材凹凸有致，夏母若该着急，想必也是担心自己的女儿被人惦记着。

"时候不早了，我得去收拾厨房了。"夏母忽然说。

夏小希望向墙上挂钟，十点一刻。

"妳收拾完是不是马上回房？"她问母亲。

"当然，否则还能上哪儿去？"

夏小希欲言又止，最后还是把话吞下。

一个小时后，夏母回房，紧接着上床。没多久，震耳欲聋的打呼声传来。

"柳老板知道母亲睡觉打呼吗？"

脑海一产生这个念头，夏小希立刻甩头，想把所有肮脏的东西都甩掉，她该烦恼的事情太多（好比明天的大考），但不包括凭空揣测。

当背完元素周期表时，时针刚好指向12，夏小希决定上床睡觉，因为母亲每天五点即起，她再不睡，考试时恐怕要与周公打交道了。

“妈，晚安。”躺在床上的夏小希轻轻地对枕边人说。

她母亲嘟囔两句，翻了个身，又沉沉睡去。

第二章/话说从头

闹钟一响，夏母立即按住，但还是惊醒夏小希。

"妳再睡会儿。"她母亲说。

"不了，今天有考试，我打算再看会儿书。"

"那好，早餐想吃什么？"

"培根鸡蛋卷。"

虽然母亲当家政阿姨让夏小希颇有微词，但好处还是有的，譬如每日的菜单可以随着自己的喜好来，即使是昂贵的食材，也无需担心荷包里的钱不够，她甚至还能预约（好空出时间让母亲补货），这还得感谢柳家父子不挑食，能由着她任性。

像往常一样，母亲做好早餐便喊女儿，两人站在厨房的岛台边吃了起来。

"哪天若买房，我一定要购置一张大餐桌，每天换位子坐。"夏小希边吃边说。

"柳老板也曾喊我们一起用餐，是妳死活不要。"她母亲答。

"我当然不要，又不是我家，我干嘛跟别人一同吃饭？"

夏母摇摇头，自己的女儿就这臭脾气，她早见怪不怪。

吃完早餐，夏小希收拾一下便出门，好巧不巧，一推出单车就撞见柳易。

"妳的单车怎么了？"他问。

"什么怎么了？"

"好像漏气了。"

夏小希一看，还真是！她刻意将车子前後推了两下，轮胎似乎更扁了。

"没事，我打个气就行。"她说。

"怕是破了，瞧！上面还有个图钉。"

夏小希内心咒骂一句，但也无济于事。

"今天有考试，我看妳还是坐我家的车吧！回头我让马叔给妳换轮胎。"柳易说。

夏小希本想拒绝，但一看时间，不放下高傲是不行的，除非想错过第一堂考试。

"我会付你车资的。"夏小希说。

"当然，妳不付，我还会向妳要。"柳易答。

在车上，两个同班同学竟一句话也不说，比陌生人还陌生。

下车后，柳易喊住夏小希，说："今天起三天是期中考试，上下学妳还是坐我家的车吧！妳也看到了，马路正在施工，万一骑行有什么闪失，妳不就错过考试了？"

夏小希想了想，不无道理，但……

"我没那么多钱付你。"她答。

"坐一趟100元，坐三天有优惠，就收妳十块钱。"

"算术可不是这么算的。"

"怎么办？我们柳家就是这么算的。"

夏小希还想说什么，最终还是摆摆手，结束谈话。

别看这两人"相敬如冰"，一开始可不是这样的，这还得话说从头……

自从"人渣"父亲一去不复返，夏小希和母亲便成了过街老鼠，好不容易夏母找到酒店的保洁工作，却因债权人上店里闹事，眼看就要做不下去，关键时刻还是酒店柳老板伸出援手，以"先行垫付部分债务，再从工资抵扣"的方式，解了夏家母女的燃眉之急。

几个月后，柳家佣人因故辞职，夏母便顶替了那份工作，与女儿一同住进柳宅。

谈到柳老板，他丧偶多年，有一独子柳易（与夏小希同年），从小就有哮喘的毛病。

本来柳易读的是私立学校，夏小希读的是公立，两人没有交集，但在柳老板的运作下，夏小希转入柳易就读的学校，并与柳易同一个班级。

起初，夏小希并不高兴这样的安排，她母亲解释柳少爷会偶发哮喘，如果身边有人能随时关注，并且及时提供帮助，那再好不过，这也是柳老板的初衷。

听到这个解释，夏小希释然了，并把照顾柳易视为己任，两个孩子很快成了莫逆之交。

事情的转折点发生在高一班主任的某次课间谈话，她当着全班同学的面问柳易和夏小希："你俩的通讯地址怎么是同一个？"

柳易表示夏小希家的房子还在盖，不方便，所以使用他家的地址。

"原来如此。"班主任接着望向夏小希，"妳家也住凤凰小区吗？那里的房子不是多年前就已盖好？怎么妳家还在盖？"

当柳易"说谎"时，夏小希已如坐针毡，如今班主任将矛头指向自己，她感觉天都快塌下来了。

"因……因为……"夏小希急得想哭，以致支支吾吾的。

"因为这不是事实。"同班的刘若雅小声地答，她家就住凤凰小区。

"噢！"班主任瞬间两眼发光，"妳倒是说说什么才是事实。"

刘若雅分别看了柳易和夏小希，最后还是把解释权交给当事人。

"是这样的……"

柳易话还没答完，夏小希果断站起来说明，包括她母亲是柳家的家政阿姨，而她之所以能入读私校也是因为柳易父亲的帮忙，否则她根本读不起！

话一答完，全班鸦雀无声。

"咳咳。"班主任故意咳嗽两声，"这下子清楚了，我们现在开始上课，同学们请翻到第**28**页……"

澄清过后，夏小希感觉全校师生看她的眼神都变了，为了某种连自己也说不清、道不明的原因，她从此与柳易保持距离，上下学也不再坐顺风车，仿佛这样就能维持住她那可怜又微薄的尊严。

柳易虽不满意这样的转变，但能理解，所以并没有试着改变现状，两人的关系因此陷入"时冷时热"的僵局，这跟"两位大人"的情况不谋而合。

说起夏母，她老公已经人间蒸发近十年，完全可以单方面提出离婚，但她没有，也就是说夏母目前仍是已婚状态；反观柳老板，虽然单身多年，但好似并不着急续弦，反而很享受这种"一家四口"的氛围，逢年过节还会"全家"出游或就餐，不知道的人还以为这是幸福的一家人，也难怪流言蜚语会传得沸沸扬扬，从未消停过。

"今天考得怎样？"上车后，柳易问夏小希。

"还行，你呢？"

"也还行。"

"那就好。"

接下来一片死寂。

司机老马忍不住往后视镜一看，两个年轻人一左一右，各自望向窗外，像极了吵完架的夫妻。

他摇摇头，目光重新回到道路上，心想按照这个行车速度，二十分钟应该能回到凤凰小区。

第三章 / 变生不测

对于给予自己生命的"那个男人"，夏小希无疑是怨恨的，若不是他，这个家不会风雨飘摇，至今仍背着债务，以致不得不寄人篱下。然而一码归一码，若不是那1/8的高加索人血统，她不会出落地如此仙姿玉貌，这大概是夏小希唯一拿得出手的，只是她还不清楚这张人生的美貌彩票会在未来起到什么作用；反观柳易，他的起点无疑比多数人高太多，若要说遗憾，大概是母亲早逝，自己又有哮喘的毛病，加上个性太循规蹈矩（以致总是瞻前顾后，很难与人交心），如果不是夏小希的出现，他内心的苦闷可想而知。

时光荏苒，岁月如梭，时间来到高考当天，在吃过丰盛且营养的早餐后，两个孩子坐上柳家座车。

"我看我还是跟过去，有什么事也好搭把手。"夏母站在车外旧话重提。

"妈，不用了，我和柳易都身经百战，完全可以自行应付，再说，还有马叔呢！"夏小希答。

老马听到自己的名字，立即表示会悉心照顾小姐和少爷，无庸担心。

"还小姐呢！"夏母笑出声来，"那么中午我来一趟，替你们送最新鲜的午餐。"

针对这个提议，夏小希不反对，毕竟外面的食物无法保证干净卫生，若吃坏肚子，那可不是闹着玩的。

车子驶离柳宅后，还在做最后冲刺的夏小希忽然感觉不对劲，怎么柳易上车后就一声不吭？

"你还好吗？"她问。

"很好。"

高考在即，柳易未雨绸缪地戴上口罩，以防尘螨、宠物皮毛、油烟、花粉、草末、油漆、染料等气味诱发他的哮喘，而从露出的两只眼睛看，一切正常，夏小希遂放下心来。

到了考场，两位考生陆续下车，此时，夏小希发现柳易的步伐有些异样。

"你还好吗？"她追上去问。

"好……"柳易喘着气，"好像不太妙。"

夏小希拉下他的口罩，发现他脸色惨白，嘴唇发紫，额头还冒出汗珠。

"你是不是喘不过气来？放心，我带了喷雾剂。"一说完，夏小希才忆起喷雾剂和手机都放在包里，而包在车上。

她猛一回头，马叔连同车子已不知去向，大概找停车位去了，毕竟考场前只供短暂停留。

情急之下，她立马央求考场人员帮忙，很快，救护车出现了。

"这位考生，妳赶紧应考去，我们会照顾病人的。"考场人员说。

想到柳易命悬一线，夏小希怎么也不肯离开。

"妳，去……去考试，别管我。"躺在担架上的柳易气若游丝地说。

夏小希怎能不管？她一直把照顾柳易视为己任，这也是当初柳老板把她送进私校读书时约定好的。

"别说话，省力气。"夏小希坚定地答，"我跟到医院，把你交给医生后再回来参加考试，所以你一定要挺住。"

当柳易被推进急救室，而夏小希也利用医院座机联系上自己的母亲后，她一刻也不敢浪费，即刻返回考场，还好在开考前赶到，但这么一折腾，加上心中挂念柳易，她感觉自己发挥得不够理想。

当夜在医院里，夏母的眼泪啪啪啪地流，自责当初就该跟过去，少爷也不致于成这样……

"事情已经发生了，妳就别再内疚，没人怪罪妳。"柳老板转向夏小希，"妳不是还有科目没考完？赶紧回去准备。"

想到自己的女儿尚未考完，夏母也跟着催促。

"好，我回去，可是……如果……如果……一定要通知我喔！"她说。

柳老板听出话中话，神情不悦地答："没有如果，不用通知。"

夏小希也意识到自己说错话了，但怎么挽救都不对，只能默默离开。

第四章/自食其力

隔天考完试，夏小希立即奔赴医院，柳易已经转入普通病房，看起来很虚弱。

"你感觉怎样？"夏小希问。

"还活着。"柳易无力地答，"妳考得怎样？"

柳易的突然发病让所有人都措手不及，首当其冲的当属夏小希，若说没影响考试，那是骗人的。

"考得还……行。"

"如果考坏了，就跟我一起重考吧！"

柳易错失了考试，重考成了无可避免的选择，但夏小希不一样，她最不想做的就是再经历一次"痛苦"的高三，再说，她也急着早日自力更生，好让母亲能挺起腰杆做人。

"看老天安排啰！真的无校可读再说吧！"她答。

在等待放榜的日子里，柳易一天天康复起来，夏小希也没闲着，天天往步行街的奶茶店跑，往往工作到店铺打烊了才离开。

"妳这是帮店主守家业吗？"某夜，柳易问起刚进门的夏小希。

"守什么家业？"她换上家用拖鞋，"我才不吃饱了撑着！"

"既然头脑清醒，何苦披星戴月？"柳易又问。

不知从什么时候起，"搬离柳宅"成了夏小希奋斗的目标，可是眼下房价居高不下，加上大学的学费和生活费不低，此刻若不提早"就业"，何时才能实现梦想？

"我需要钱啊！少爷。"她答。

这个回答让柳易很是吃惊，因为夏阿姨的月工资高达一万，包食宿，夏小希的学费还是柳家出的，应该不致于如此窘迫才是。

当柳易道出心中疑问时，夏小希的解释如下：

1、一万元的工资，到手只有**5000**元，另外的**5000**元得用来还债。

2、她已成年，让柳老板继续负担学习上的费用显得不合情理。

针对此回答，柳易也有话要说，首先，夏家到底欠下多少债务？怎么这么多年过去了，依旧没还完？其次，即便他重考，夏小希入读大学，两人已不在同一个班级，柳家还是可以负担她的费用（他负责说服自己的父亲），所以无庸担心。

有关当年欠下的债务，夏小希曾问过母亲，她总答柳老板不会骗人，说没还完就是没还完，如今听柳易提起，这提醒她不能再继续没头没脑地投钱下去，得问清楚才行，至于学习上的费用问题……

"柳易你听好了，从现在起，我自己付钱上学，所以不是你们柳家要不要负担的问题，而是我不接受，死也不接受！"

柳易不明白，就算是陌生人，相处十年还没点儿感情？怎么说得如此决绝？

然而在夏小希这边，事情再清楚不过——她和母亲长期寄人篱下，本来就不光彩，加上流言越传越难听，自己又曾撞见柳老板对母亲毛手毛脚，她直觉认为母亲是为了保住工作才忍气吞声，所以一跨过18岁的门槛（能理直气壮地找工作），她便迫不及待地把养家糊口的责任揽在身上，为的是尽早搬家，远离是非圈。

"小希，妳……妳还在乎我吗？"柳易问。

本来逞口舌之快后，夏小希已打算接受柳易的炮轰，哪知他来软的，正好打中她的软肋。

"我……我当然在乎，但一码归一码，分寸感还是得有。"

听到夏小希还在乎自己（这比什么都重要），柳易决定用别的方式帮助她，而不是逆鳞而上。

"我知道了，妳就按自己的想法去做，我支持妳！"他答。

夏小希可以怀疑柳老板的居心，但怀疑不了柳易，他俩从小学二年级起就住在同一个屋檐下，认识的时间早超过了不认识，期间还一度肝胆相照、推心置腹，若不是人言可畏，加上青春期的执拗，这两人歃血为盟也不是不可能。

“谢谢！”夏小希停顿了一下，可是仍找不到更好的说法，“谢谢！”

一连听到两句“谢谢”，柳易苦笑着，此时无声胜有声……

第五章/美丽上海

两日后，高考成绩出来，夏小希考了个大大低于预期，但仍有学校接收的分数。

"小希，咱家就这条件，妳怎么想？"她母亲问她。

"重考也未必能考得更好，既然这样，那就上吧！再说，咱家也没余钱让我重考。"

话一答完，夏小希满怀希望地望向母亲。

"如果这是妳深思熟虑的结果，我不阻拦，只是读大学的花销，我只能象征性支持一下，主要还得靠妳自己，妳也知道咱家的债务还没还清。"

听到这个回答，夏小希眼里的光芒迅速退去，弱弱地答："好，我明白了。"

夏母不知道就在昨天，自己的女儿逮到与柳老板单独谈话的机会，并且得知她家债务早在三年前就已还清。

"是吗？那为什么……"她忽然住嘴。

"也许妳母亲有什么难言之隐，或者有其他的用钱计划。"柳老板主动回答她的疑问。

如果柳老板所言属实，刨去日常必要的开销，夏小希的母亲应该已经攒下十几万元。这笔钱说多不多，但供自己的女儿完成大学学业应该不成问题。

然而今日的一席话却让夏小希的"理所当然"幻灭了，原来母亲攒钱的理由不是为了她（至少不是为了支付她的大学费用）。这个结果挺令人感伤，纵使夏小希原本就没打算啃老……

知道夏小希没考好，柳易怂恿她一起重考，至于费用……就当是向他家借，等考上好大学，自然能找到好工作，一旦找到好工作，还怕还不了？

"谢谢你的美意，但我还是决定不耽搁，早点儿毕业，也好早点儿赚钱。"夏小希答。

接下来的日子里，夏小希都在为自己的上学费用操劳，哪怕她的美貌吸引了不少男顾客，她还是一如既往地专心制作奶茶，无视投来的友善（或非友善）眼光。饶是如此，第一学年的费用还是没能及时挣下，她不得不请求母亲支援，还好没遭拒。

就这样，揣着行李和银行卡（里面只有3万元，不够的部分得靠打工补上）的夏小希只身远赴上海就学，一头栽进这个十里洋场的花花世界，殊不知一场不期而遇的邂逅正等着她……

第六章/佟姐

夏小希也算来自大城市，但一见上海的繁华，立即矮了一截，还好学校学生大多"贫穷"，吃穿用度没有特别讲究，让她宽心不少。

这一天，夏小希从奶茶店打工回来，忽闻室友们的谈话。

"娟，妳这条裙子是哪儿买的？好漂亮啊！"小胖说。

"这是法国牌子Tara Jarmon，"庞娟低下头摆弄自己的裙子，"连英国的凯特王妃也是他家常客。"

"那得多少钱？"玲菲问。

"找代购买的，250欧，也就两千元不到。"

说话三人皆是夏小希的室友，其中最舍得花钱的是庞娟，而最经常性晚归（或不归）的人也是她，奇怪的是宿管阿姨从来不管，连口头训话也无。

"妳不是才买了化妆品？"夏小希忍不住问，同时在下铺躺下，她已经连续工作6小时，需要休息一下。

"买了化妆品也可以买裙子啊！如果钱不够花，找佟姐就是。"

庞娟已经不止一次提到佟姐，在她口中，这个女人八面玲珑，总能在关键时刻伸出援手。

"我也想要有这么一位姐姐，"夏小希揉一揉自己的太阳穴，"23元的时薪，我得什么时候才买得起妳的裙子？"

庞娟一听大喜，答应明天就带夏小希去见佟姐。

"我也要！"小胖立即说，"最近手头有点紧，需要人支援一下。"

此时的庞娟面有难色，支支吾吾地解释等夏小希通过面试再说，倘若一次来两个，佟姐会忙不过来。

夏小希从未想过这位佟姐还提供工作，她原以为只是朋友间的通财之义。

"妳还是让小胖先去吧！"夏小希答，"我没事先请假，奶茶店经理不会同意的。"

"噢！"庞娟灵光一闪，"这倒提醒我得先知会一下佟姐。"

一句话就把见面一事往后挪，连小胖也找不到反驳的理由。

几日过后，庞娟把夏小希堵在宿舍门口，问她后天能否空出时间来？

"干嘛？"夏小希问。

"和佟姐见面啊！"

夏小希想了想，道出这几日来不断涌现的疑问——这面试靠谱吗？会不会有安全问题？

"拜托！"庞娟扬起声，"有我在，妳还担心这个？"

再三确认庞娟会一直陪着自己，直至面试结束，夏小希这才放下心中巨石，开始临阵磨枪。

按照庞娟的说法，佟姐开了一家私人会所，专门服务政商名流，客户中不乏洋人，所以那里的工作人员都必须具备基本的英语会话能力……

正因有此项要求，夏小希硬是在原本就不多的空闲时间里挤出几小时猛背单词，心想不求英语流利，但起码得达意才行。

到了约定日，庞娟把夏小希带到商场女厕，交给她一件衣服，说："如果不想遭人白眼，还是换下妳的牛仔裤吧！"

庞娟递过来的是一件无袖黑色紧身裙，虽不致于坦胸露背，但也相距不远。

"不行！"夏小希看着镜中的自己，"太露了，我得换下。"

"拜托！这样才美，妳别让我在佟姐面前抬不起头来，好吗？"

夏小希一听来气，问她什么样的工作需要穿成这样？

"穿成啥样？"庞娟沉下脸来，"为了妳的面试，我忙前忙后的，妳不感激就算了，还质疑我，得，妳继续去干23元时薪的工作吧！"

看庞娟真动怒了，夏小希勉为其难地接受一身清凉，毕竟面试已约好，而她也做不到庞娟口中的"忘恩负义"。

"这就对了！"庞娟一扫方才的阴霾，"每个行业有每个行业的着装要求，只要不是真空上阵，就没必要矫情。"

无端被安上莫须有的罪名，夏小希很是不悦，但也不好发作。

"约定时间就要到了，我们快走吧！"她冷冷地说。

"放心，会所就在商场附近，拐个弯就到了。"庞娟答。

第七章/取水

谁能料到车水马龙的背后有一片隐于市的民国时期建筑，半遮半掩地屹立在一片翠枝波影中，虽然已褪去当年的陈旧，换上了新色彩，但端庄的气质还在，像极了一位大家闺秀……

"我没来过这个地方，好不可思议啊！"夏小希赞叹着。

"哈！我第一次来的时候也是这种感觉，像个乡巴佬似的。"庞娟答。

"妳第一次来……"

"是啊！不然妳以为我是怎么认识佟姐的？当然是经熟人介绍，没个关系，想进都进不去呢！"

夏小希没想到自己年纪轻轻就已经攀上通往财富的关系网，一时竟有些恍惚。

进入红砖砌成，有着独特韵味的老洋房后，夏小希跟着来到一扇做旧的木门前。

“就是这里了。”庞娟对夏小希说，接着在门上轻扣两下。

“进来。”房内传来轻清柔美的声音。

该怎么形容夏小希对佟姐的第一印象？由于声音的缘故（比较软糯婉转），她以为对方会是个娇小且温柔的江南女商人，结果出乎意料（娇小是娇小，却一点儿也不温柔），真要用一句话来形容，大概就是"带刺玫瑰"。

坐下后，佟姐的第一句问话是——妳就是那个时薪23元，连Tara Jarmon也买不起的年轻人？

夏小希一时语塞，同时心里埋怨起庞娟怎么连这个也说？底牌若掀了，还能有好果子吃？

见夏小希保持沉默，那个眼里透着精明的女人接着说："放心，跟着佟姐，时薪23元将从此走入历史，永远在妳的生命中消失。"

“没错，”庞娟插嘴，“我的第一位客人就给了我五百元小费。”

“去去去，”佟姐做出赶人的动作，“少在这里丢人现眼！五百元小费算多吗？说出来只会让人笑话。”

庞娟吐吐舌头，退了出去。

夏小希望着那扇已关闭的房门，内心呐喊着——妳怎么跑了？

“别看了，她不会再进来，我们可以安心说话。”

佟姐话里的"她"，显然指的是庞娟。

“我倒希望她再进来，因为……因为她说过会一直陪我到面试结束。”夏小希答。

“妳是不是害怕？不用害怕，这里的姑娘都是心甘情愿留下，我们不搞囚禁，也不会严刑拷打。”

夏小希原本没往那个方向想，经佟姐这么一撇清，她反而更加不安。

"我能问工作性质吗？"她说。

"那得看妳做的是什么工作，服务员就做服务员的工作，司机就做司机的工作，接待就做接待的工作。当然，薪水也会因工作内容的不同而有所差异。"

夏小希大概清楚服务员和司机的工作内容，但接待是什么？

佟姐解释就是把客人带到指定房间，庞娟做的便是接待的工作。

"带到指定房间……"夏小希复述，"然后呢？"

佟姐沉默一会儿后，表情严肃地问："妳该不会还是处女吧？！"

夏小希很是诧异，怎么有人会问这么唐突且私密的问题？

"这个……我不回答。"

"那就是处女了。"佟姐微微一笑，"会开车吗？"

"什么？"

"我问妳会不会开车？如果会，我把代驾的工作交给妳，唯一的要求是夜里十点就得待命，一直到凌晨五点结束，逢周二休息，月工资八千。"

如果只是代驾，同时薪水还那么高，的确值得一试，但……

"真的只是代驾而已吗？"夏小希不放心一问。

"不然呢？"她刻意停顿一下，见夏小希没接话，接着说，"我们会所的客人都很尊贵，所以这里的一切都要最好的，包括代驾颜值。妳运气好，中了基因彩票，但凡长得丑一点儿，我都不会用妳。"

这么被人放在台面上评头论足，夏小希很不开心，但金钱摆在那里，她琢磨该不该为五斗米折腰？

"怎么，妳还需要考虑？"佟姐问。

"我……没驾照。"

"考一下不难。"

"如果……如果逢上学校考试……能不能……"

"这我不管，妳自己调整，除非少了胳膊断了腿，否则都得准时上工，倘若无故缺席，哪怕一次，当月工资清零。"

"清零？"

"是的，一分不给。"

夏小希想了想，这事还得从长计议。

佟姐也不催她，只是要她离开前帮忙倒杯水，倘若保安问起，就说佟姐让她上楼取水。

这间办公室的右手边就有一个操作台，上面摆放着咖啡机、茶具、各种大小不一的杯子和几瓶看起来相当昂贵的瓶装水，可是佟姐却要她去取水，怎么都说不通。

"好，"夏小希站起身来，"我这就去取。"

第八章 / 不可告人的交易

明知佟姐让她去取水是个借口，但夏小希还是答应下来，原因在于她也想一探究竟。

在底楼走了一圈后，夏小希发现除了私房菜馆和几扇紧闭的房门外，没别的了。

"您在找洗手间吗？"进会所时遇到的代客泊车员主动问她。

"不是，我在找楼梯。"夏小希答。

"这里的楼梯可不是谁想上就能上。"

"那怎么办？佟姐让我上楼……取水。"

一听到是佟姐的命令，那名泊车员变了脸色，冷冷地答："我还以为妳是私房菜馆的客人。"

夏小希注意到此人的用辞从"您"变成了"妳"。

"我不是。"她澄清，"你能告诉我楼梯在哪里吗？"

"妳得先下到地下室，再从那里上楼。"

夏小希记起方才的确经过通往地下的楼梯，原来得从那里上到二楼。

道谢过后，夏小希往回走，当她下到地下室时，一名保安挡住她的去路，指了指标示牌，上面写着"闲人止步"。

夏小希早有准备，主动表明是佟姐让她上楼取水。

话甫歇，保安让开身来，嘴里同时碎碎念，夏小希依稀听到其中一句——说的比卖的好听。

"你说什么？"她铁青着脸问。

"没说什么。"保安答。

"相不相信我把你说过的话告诉佟姐，你会吃不完兜着走？"

"对不起，女士，我把说过的话收回。"

夏小希的愤怒并未因此散去，但她不想纠着不放，因为接下来也许还需要保安帮忙。

"待会儿你若听到楼上有呼救声，请拨打报警电话。"夏小希说。

"哈哈哈……"保安笑不可遏，"妳这是开哪国玩笑？做贼的倒先喊捉贼。"

保安的态度再一次爆打夏小希，显然，楼上正做着某种不可告人的交易，以致连拿人薪水的保安也产生轻蔑的心理。

夏小希很想撇清自己与"接待"的关系，但说这个又有何用？只会越描越黑而已。

"喂，妳不上楼吗？"保安对着她的背影喊。

"不了，"她头也不回，"我自己买水交差。"

在便利店里，夏小希从冷藏柜里取出一瓶最便宜的水，扫码完毕后，立即咕噜咕噜地喝完大半瓶。此时，一个声音在她背后响起，说的是——买水倒不如买组合，一个三明治加一袋豆浆，也不过十块钱。

"我就喜欢喝水，妳管得着吗？"夏小希没好气地答。

"妳是不是生气了？"庞娟接着问。

"我就喜欢生气，怎么了？"

夏小希一答完，气冲冲地走出便利店，可是不管她如何左拐右绕，就是甩不掉身后的那个人，于是愤怒转身喝道："能别跟着我吗？我就想一个人静一静。"

"怎么办？我就想跟着妳，直到妳愿意听我的故事为止。"

"什么故事？"

谁能想到这么一问，一个女孩的悲惨过往仿佛电影般历历在目。

"妳......妳二叔可真是个禽兽啊！"夏小希说。

"可不是，问题是他做错事，还泼我脏水，搞得我无法在家乡立足，若不是佟姐的资助和鼓励，我哪有钱进补习班重考？"

夏小希根本不愿相信一个老鸨也会疏财仗义，肯定别有用心。

庞娟答不管佟姐是出于什么目的，她的命运就此改写是事实，想当初自己绝望到想自杀，哪能料到有一天既上了大学，还当了包租婆，按照这个速度发展下去，十年后她就能彻底躺平......

"妳......妳还当了包租婆？"夏小希难以置信，"我连下个月的生活费都还没赚够呢！"

庞娟承认当包租婆的说法有些浮夸，事实是买的期房还在盖，等盖好了，才能落实包租婆的身份。

饶是这样，也够让夏小希羡慕了，她一直梦想能拥有一个属于自己的家，没想到身边人已早先一步实现。

"恭喜妳了。"夏小希有些酸溜溜地说。

"其实……妳也可以。"

"可以什么？"她冲口而出，"我才不出卖自己！"

话一答完，夏小希立即感到后悔，对方也是个可怜人，纵使"帮助"的方式不对，也没必要穷追猛打。

"对不起，我……"

"别说了，我的确出卖自己，"庞娟答，"但这是我的人生、我的选择，妳不也把自己卖给了奶茶店？差别在于我能早妳一步实现财务自由，而妳还按步就班地替人打工，并且陶醉其中。"

夏小希听完，气得拂袖而去，发誓再也不理那个可憎的婊子！

第九章 / 柳易来访

因为迟归，夏小希被宿管阿姨拦下，正纠缠不清时，庞娟出现了，在说了一句"她跟我一起"后，阿姨爽快放人。

"别想让我感激妳。"夏小希对着前方的背影说。

"我没让妳感激，妳可以不感激。"庞娟头也不回地答。

"莫非妳连阿姨也收买了？"

"是啊！用钱收买，大部分都能成功。"

"不包括我。"

"是吗？"

一句反问让夏小希火冒三丈，她抛下庞娟，早先一步跑回寝室。

日子又回到原来的轨道，夏小希依旧做着时薪23元的工作，而庞娟依旧晚归或不归，然后因一件（或多件）奢侈品的出现，接受室友们的倾羡与夸奖。

当学生回家度寒假时，夏小希将自己的东西全放进行李箱内，然后搬到另一个楼栋，没想到庞娟也申请留校，而且好巧不巧，又与夏小希同一个寝室。

"妳怎么不回家？"庞娟站在房门口问。

"春节时再回，我得先把回家的火车票挣出来再说。"夏小希边把行李箱打开边答。

"其实妳可以不用这么辛苦，"庞娟拉着行李箱走进来，"别误会，我的意思是妳长得美，性格也……也还行，找个富二代谈恋爱，让他负担妳的所有开销，不比自己挣钱容易？"

夏小希知道自己有外貌上的优势（否则也不会被票选为"全校最想牵手的女生"），但她的性格过于刚烈，对未来的另一半还有很高的期许，寻常男生根本不入她的眼。

"谢谢！在遇到富二代之前，我想先把钱挣出来，免得被他的家人瞧不起。"夏小希答完，取出行李箱里的水杯。

"妳指柳易吗？"

听到这个，夏小希吓得差点儿拿不稳水杯。

"妳怎么知道柳易？"她捉住室友的手臂问。

"妳弄疼我了！"庞娟立马挣脱，"方才楼底下有个男生拦住我，让我上来喊夏小希下楼，我问他叫什么名？他答柳易。"

知道柳易近在咫尺，夏小希三步并作两步，往楼底下冲……

"嗨！"柳易微笑着向她打招呼。

夏小希收起慌张，问他怎么不打一声招呼就来了？

"妳妈说妳春节才回家，我等不及，就过来看看妳。"

一句等不及，让夏小希红了眼眶。

"妳怎么了？"柳易问。

"没什么，"她眨了眨眼睛，"你能待多久？"

"明天下午的飞机。"

"这么快？"夏小希想了想，"怎么办？今明两天我都有工作。"

"没关系，我陪妳。"

当天，夏小希带柳易逛了一下校园，接着去吃排骨年糕和砂锅馄饨。吃完，两人一起上奶茶店，当夏小希忙于制作奶茶时，柳易就站在店外等，眼光从未离开她。

"那人是谁？"同事压低声音问夏小希。

"朋友。"她答。

"男朋友？"

"不是。"

"如果不是，介绍给我。"

"他……"夏小希望向柳易，柳易还对她微笑，"他有女朋友了。"

夏小希比任何人都清楚柳易的心思，但她还是说了谎。

当奶茶店的铁卷门拉下后，柳易邀她一起吃宵夜？

"我……我得回宿舍，有晚点名。"她无奈地答。

"这样啊！那我明天过来？"

"行，明天我10点才上班，我们可以一起吃早餐。"

约好后，柳易送夏小希回宿舍，两人的影子被月光拉得好长好长，像三米高的巨人……

"行，明天我10点才上班，我们可以一起吃早餐。"

约好后，柳易送夏小希回宿舍，两人的影子被月光拉得好长好长，像三米高的巨人……

第十章/罪恶之门

柳易来访后又过了一个多月，年尾除夕来到。夏小希拿着好不容易抢来的票登上火车，在长舒一口气的同时，忽然想到该不该给母亲买个礼物？

在长达五个多小时的行程中，夏小希想过不下一百种选择，直到下火车才确定作罢，因为母亲可能更希望她把钱存起来，而不是买礼物。

"小希回来了。"母亲快步走向她，同时接过行李，"累不累？"

"不累。"

"再过两个小时就吃年夜饭了，我先给妳盛碗年糕汤垫垫肚子。"

夏小希刚要拒绝，柳易从房间里走出来，四眼相望，双方同时低下头去。

"你俩这是怎么了？"夏母瞧出了不对劲，遂问。

"妈，"夏小希赶紧转话题，"妳不是说要盛碗年糕汤给我垫垫肚子吗？"

"哎呀！瞧我这记性……"夏母转向柳易，"你要不要也来一碗？"

"好。"他答。

几分钟后，两个年轻人坐在餐桌前喝年糕汤，安静得像在进行某种仪式。

"妳……"柳易首先开口，"还好吗？"

"很好。"

"……对不起。"

"为什么要说对不起？"

"因为……"

柳易一时找不到"正确"的答案，是该答"血气方刚"还是"情不自禁"？反正说哪个都掩盖不了他的孟浪，只能再次致歉，横竖对方懂的。

"好，我接受，以后别再提那件事了。"

夏小希口中的那件事发生在一个多月前，当两人吃完早餐，走向奶茶店时，柳易猝不及防地送来一个吻，因为太过突然，夏小希一时没反应过来。

"这算什么？"冷静过后，她问。

"妳不喜欢？"

"不喜欢。"

"那么下次我不这么做了。"

"没有下次，你走吧！我不想再见到你。"

赶走柳易后，夏小希做什么都心神不宁，时不时还往店外看去，以为他还会出现。

"昨天那个帅哥呢？"同事问起。

"他和女朋友闹矛盾，走了。"夏小希答。

"该不会是因为妳吧？！"

"怎么可能？我和他只是朋友。"

夏小希完全清楚自己和柳易绝不仅仅只是朋友，否则自己也不会说了重话又反悔；再则，当柳易亲吻她时，她其实一点儿也不生气，这不是普通朋友该有的反应。

回到现实，当夏小希表示接受道歉时，柳易破防了，过去的一个多月里，这个男孩备受煎熬，不是闭合思过，就是患得患失，如今得到"大赦"，他竟然有想哭的冲动。

当晚，夏柳两家罕见地一起坐下来吃年夜饭，柳老板还把珍藏多年的好酒拿出来共享（这是夏小希和柳易成年后的第一个除夕夜，所以四个杯子全斟上了）。

"来，祝大家吉祥如意，身体健康，新的一年有新气象，小易考上好学校，小希依然美丽动人，小红……小红……"柳老板望向夏母，"我该怎么祝福妳？"

"你怎么还没喝就醉了？也不怕孩子们笑话！"

夏小希原本举杯的手瞬间垂了下来，好心情也消失殆尽。

"我不饿，你们吃。"说完，她跑回房间。

夏母知道自己女儿的臭脾气，胡乱找了个借口搪塞过去，直到三人都用餐完毕，她才又重新热了饭菜，端回房里去。

"不吃！"夏小希翻了个身，"出去！"

"大过年的，妳就不能让大家都开开心心的？"她母亲问。

夏小希愤然坐起，反问她让大家开心，谁又让她开心？

"妳哪里不开心？"夏母又问。

"妳让我不开心，说！为什么柳老板喊妳小红？"

"名字只是名字。"

名字绝对不只是名字，以前柳老板喊自己的母亲"夏阿姨"，如今却成了"小红"，夏小希当然认为其中必有猫腻！

"也不想想外面的流言传得有多难听，妳就不能让我省点儿心？"她继续发威。

夏小希原以为激怒母亲就能换来承诺，哪晓得适得其反。

"妳父亲一走就是十多年，也没见妳批评过，反倒我做牛做马，却没一处好，想想真不值！"夏母说完，开门走人，留下女儿独自凌乱。

的确，夏小希从未在母亲面前提起过父亲，但这不表示她没有怨言，相反的，正因为痛苦太深，所以才三缄其口，没想到母亲却误会了。

夏小希等了一小会儿，仍不见母亲回房，所以决定把母亲端来的饭菜全一扫而空，好以"年夜饭可口"当突破点，达到尽弃前嫌的目的。

当她把空碗盘端到厨房时，极目所见，光洁有序，洗好的碗盘还在滴水，可是母亲却不在那里。

夏小希把碗盘放下，开始寻找母亲，不一会儿便听到断断续续的哭泣声。

"别哭，等小希再大一点儿，自然能理解。"这是柳老板的声音。

"你不懂，她就是生来气我的，也不想想我容易吗？若不是为了她，我们何苦偷偷摸摸的？"这是夏母的声音。

"妳看，又来了，我们的事不关孩子们什么事。"

"难道我说错了？"

"妳没错，是我错，我错，行了吗？待会儿补偿妳。"

"怎么补偿？"

"妳说呢？"

随着房间内的动静越来越大，夏小希的怒火也益发高涨，当达到最高点时，她把手腕上的玉镯子取下，砸向那扇罪恶之门。

听到哐啷一声，夏母慌张地穿好衣服冲出来，此时的夏小希已跑出柳宅，一头钻进黑暗里……

第十一章/解救母亲

当别人都在"爆竹一声除旧岁，桃符万象迎新春"时，夏小希却蹲在小河边哭得梨花带雨。

"妳再哭，河水就要溢出来了。"说完，柳易递过去几张面纸。

夏小希接过后，把脸一抹，又递还回去。

柳易愣了一下，最后还是把用过的面纸折成小方块，塞进裤兜里，接着说道："我们自己的事还会少吗？大人的事就别管了。"

"那是我妈，我非管不可。"她赌气地答。

"如果……如果妳担心妳妈会和我爸领证，我可以告诉妳——那是杞人忧天。"

夏小希顿时停止哭泣，站起身，质问他这话是什么意思？

"据我爸说，我妈临死前，他曾承诺不会再婚。"他答。

听到这么不负责任的话，夏小希意难平，嚷着："合着你爸欺负我妈？"

"是不是欺负还真不好说，何况妳妈也没离婚，哪天妳爸若突然出现，我爸岂不完蛋？"

话说得没错，但自己的母亲被人白嫖，夏小希的面子和里子都没了。

"不行，我得劝我母亲搬家，越早越好。"夏小希说。

"搬家？搬到哪儿去？现在住家阿姨能给到月薪一万块的不多，何况还携家带眷的。"

柳易说者无心，夏小希却听者有意——这是暗示自己是个累赘！

"柳少爷，你听好了，最晚一年，我和我妈都会搬出去，不给贵府添麻烦。"

"妳……妳怎么老是误解别人的好意？"

"这就是我，你若看不惯，大可离我远一点儿。"

打从第一次见到夏小希，柳易就被这个女孩给深深吸引住，与自己的模棱两可、粉饰太平比，这个女孩果断多了，知道自己想要什么，连缺点都不加修饰，这才是活生生且真实的人哪！

"我不跟妳争辩，现在能走了吗？我冷得打哆嗦。"

听柳易这么一说，夏小希也有同感，罕见地没有反驳便顺着台阶往下走。

当两个年轻人回到柳宅时，夏母立即迎上去，嘴里叨念着："外面这么冷，也不披件外套再出门，感冒了怎么办？"

夏小希没忘记母亲今晚的"背叛"，铁青着脸走回房间，一句话也无。

为了化解尴尬，夏母对柳易说："少爷，谢谢你啊！"

"哪里，举手之劳而已。"

每次夏小希"离家出走"，总能在小河边找到，柳易答"举手之劳"也没错。

待柳易回房后，夏母陷入两难，很明显，自己的女儿正等待一个说法，但现在若进房，无疑捅了马蜂窝，她不想再点燃战火，还是待在客厅比较安全。

另一厢，夏小希等了许久也没见母亲进来，直觉认为母亲又与柳老板干坏事去了，气得咬牙切齿。

"最晚一年，我一定得将母亲从泥沼里解救出来，哪怕被人架在火上烤也在所不惜！"她心想。

第十二章 / 假期结束

隔天一早，夏母开门喊女儿吃早餐。

"不吃。"夏小希答。

结果门被关上了。

到了中午，夏母开门喊女儿吃午餐。

"不吃。"夏小希又答。

结果门又被关上了。

到了晚上，夏母开门喊女儿吃晚餐，这次夏小希不再倔强，乖乖吃饭去。

"今天的肥肠不腥不臭，妳多吃点儿。"说完，夏母夹了一筷子的肥肠到女儿的碗里。

"妳今天就忙着清洗肥肠？"夏小希无话找话。

"哪可能？我还抽空出去了一下，妳想知道我出去干啥吗？"

"不想。"

话说到这里，夏母接不下去，只好转问她何时回上海？

"学校21日开始上课，但我15号就得走，因为工作的关系。"她答。

"还在奶茶店？"

"是的。"

"也就是说还有一个礼拜……"夏母喃喃道，"妳能答应我这一个礼拜都好好的，不再闹脾气吗？"

夏小希也想要有个平顺的假期，奈何烦心事太多，总让她无法心平气和。

"看妳和那个人的表现，只要不让我看了上火，我很乐意配合。"她答。

夏母很清楚女儿口中的"那个人"是谁，也明白如何能让她不上火，所以答应了下来。

事实证明，直到夏小希上火车，柳宅的屋檐下都未再出现龃龉，代表这两个女人都信守了诺言。

就在归期的前一天，柳易问夏小希明天几点走？

"上午11点，已经约好网约车载我到火车站。"她答。

"马叔可以载妳过去。"他说。

"我不要！马叔是你家的人。"

当夏小希又开始"拧巴"（华北地区方言，泛指性格别扭、爱较劲）时，最好的方式就是别对着干。

"随便妳，"柳易说，"那么晚上一起看电影，就当替妳饯行？"

"好。"

他们后来看了一部战争片，走出电影院时，耳中还嗡嗡作响。

"其实我更想看《无主之作》，可惜还没上映。"柳易说。

"我也是。"

"如果上映了，我们再一起去看？"

"好。"

这个春节，柳易和夏小希"单独"在一起的机会并不多，原因出在柳易已经错失一次高考，他不想再有任何闪失，所以把大部分的时间都花在备考上；反观夏小希，她的心思也不在儿女情长上，而在如何摆脱困境，从而达到阶级跨越。换言之，这两人皆有各自的奋斗目标，所以很有默契地互不打扰。

到了离别日，夏母拿着一袋红枣走过来，说："我买了红枣，这玩意儿补血，给妳带到上海。"

"不用了，我的行李已打包好，放不下了。"

"挤挤总会有空间，妳别管，我铁定能装下。"

后来果真如夏母所言，她真的把一大袋的红枣塞进已经鼓起的行李箱内。

"那……我走了，妳多保重。"夏小希对母亲说。

"记得提取行李时小心轻放，免得红枣被压坏了。"

夏小希心想这就是她母亲，与她总不在同一个频道上。

"知道了，拜！"答完后，夏小希走向停在屋外的网约车。

第十三章/翡翠镯子

与室友打过简短的招呼后，夏小希打开行李箱，拿走最上面的红枣，结果发现底下有一个用气泡膜包裹的东西。

怀着狐疑的心，夏小希拆开气泡膜，当一个精致的彩绘木盒子出现时，她的好奇心达到最高点，结果一打开就被泼了一盆冷水。

"这算什么？遮羞费吗？"她恼怒地想着。

让夏小希心情大坏的罪魁祸首是一只带着绿色飘花的玉镯子，相比除夕夜被她摔碎的那一只，这只显得更加通透水润。

此刻的夏小希心情复杂，被她摔碎的那只玉镯子是柳老板送的成年礼物，以那样惨烈的方式奉还，也算是达到一报还一报的目的，如今玉镯子再现，除了唤起那段不堪的回忆外，没别的了。

"哇！好漂亮的镯子，这是买的还是别人送的？"玲菲首先喊道。

夏小希没回答，正要收起时，被小胖截了去。

"好东西！"小胖紧接着把镯子放在桌灯下审视，"看样子应该是翡翠。"

"翡翠就是玉，对吧？"玲菲问。

"也对也不对，翡翠是玉的一种，但并不是所有的玉都是翡翠。简单地说，翡翠是玉石中的最高档，价格不菲。"小胖答。

"那值多少？"夏小希冲口而出。

小胖解释她不是专业人士，但亲戚中有人做这一行，她可以帮忙问问。

"不用了，"夏小希把镯子拿回来，"我也就一问，反正要归还。"

在场的两位室友同时问她还给谁？

"给……给它的主人啊！"

夏小希不答还好，一答反而予人想象的空间。

几日过后，"某富二代送价值两百万元的翡翠手镯给夏小希"的流言甚嚣尘上，逼得同寝室的室友不得不自证清白。

"小希，我只说妳有一个别人送的镯子，价格不便宜，如此而已。"小胖说。

"不关我事哈！"玲菲紧接着说，"我只点了个头。"

打从进校以来，夏小希身上的标签就没断过，好比父不详、孤芳自赏、家里是贫困户、曾与多名男性有过情感上的纠葛……等，如今又多了一条（两百万元的手镯傍身），夏小希觉得可笑至极。

"我若有两百万，还打什么工？切！"她不屑地说。

这个回答直接否认了传言，同时也表明自己不在乎的态度，让两位"嫌疑人"大松一口气。

"没错，"小胖赶紧站在夏小希这一边，"那帮人就是弱智，才会以讹传讹，不过话说回来，妳得尽快归还，万一有人信了谣言，妳的手镯就不安全了。"

此话不无道理，但夏小希近期内并没有回柳家的打算，倘若随身携带也不方便，这如何是好？

她思考了一下，觉得还是寄回去妥当，但该不该保价？如果保价，又该保多少？

为了了解手镯的价值，她请小胖问一问她的亲戚，结果得到的答复是——照片看不清楚，得来云南当面检验。

"那算了，我很忙，去不了云南。"夏小希答。

小胖如实回复，哪晓得两天后的夜里，对方竟然找上门来。

"这不是赶鸭子上架吗？我不去！"夏小希答。

"只是估个价，又不一定要卖。"

听小胖这么一说，夏小希更加不乐意，因为她没想过要卖。

"我知道这很唐突，但人已经来了，妳好歹也让他看看。"小胖几乎是祈求着说。

此时，一向很少待在寝室的庞娟（今晚却在）主动表示愿意陪夏小希走一趟。

"妳去干嘛？那是我表哥，当然我去。"小胖说。

"我想顺便看妳表哥胖不胖，不行吗？"庞娟反问。

最后的结果便是三个女生声势浩大地走向学校大门口。

"哥，这是货主。"小胖指向夏小希，接着又指向庞娟，"这是不相干的第二人。"

"别听你妹胡说，我其实是夏小希的军师，她的事就是我的事。"庞娟说。

小胖的表哥也是胖哥一位，但能说会道，很快就人来熟。

"对了，我能看看妳的镯子吗？"那个男人热过场子后问。

夏小希遂把柳老板送的手镯递过去，胖表哥接过后，拿出手电筒打光，边看边摇头。

"哥，怎么了？"小胖问。

"种水是不错，可惜有棉，我最多只能给到小五。"

怕三位女生听不懂行话，那男人做出解释，原来"五"是五位数的意思，也就是以万为单位，依据这个单位，小五指1～3万，中五指4～7万，大五指8～10万。

听完解释，庞娟把镯子接过去，又借了手电筒察看，然后有模有样地给出结论——有棉不假，但这是隐入内部的雪花棉，透光性明显，所以非但不是缺点，反而有种轻盈秀气的韵味。

小胖的表哥慌了，问庞娟是不是同行？

"我不是同行，只是略有研究而已，所以你最好给个实在的价格。"她答。

男人沉默一会儿后，说他顶多给到四万。

"这个价格真没法儿谈。"说完，庞娟拉着夏小希，作势要走。

"小姑娘别着急，这样吧！妳们出个价，我若能接受，这买卖不就成了？"男人退一步说。

庞娟正要回答，夏小希拉了拉她的衣袖，她瞬间明白了
。

"我们回去商量一下，如果夏……女士有意出售，小胖会
转告你的。"

一答完，庞娟拉着夏小希往回走，留下小胖与她的表哥
面面相觑。

第十四章/接下代驾的工作

因为庞娟的仗义，夏小希主动告知手镯的出处以及她为什么急于想知道价格。

"我要是妳，才不把镯子寄回去，而是变卖后，把钱放进买房基金里，这才是回击的最佳方式。"庞娟答。

"可是……"

"随便妳，我只是表达自己的观点，妳大可不接受，就像拒绝月薪八千的工作一样。"

夏小希解释不是她不愿干，而是怕惹祸上身，再说，熬夜工作很累人，还不能无故缺席……

"是呀！所以有人年纪轻轻就当包租婆，妳以为那些人都工作轻松？"庞娟反问。

夏小希不置一语，但脑子开始运转起来。

隔天，夏小希问庞娟——镯子卖多少钱合适？

"我认为肯定是中五，或者高于中五，也许妳问问佟姐，她人面广、见识多，运气好的话，说不定还能帮妳找到买家。"

其实夏小希也想见佟姐一面，问她之前的承诺还算不算数，所以一拍即合。

在佟姐的办公室内，三个人的目光同时落在手镯上。

"这是冰种飘花绿，够宽、够厚，就是圈口小了点儿。"佟姐打光看过后说。

"夏小希想知道能卖多少？"庞娟代问。

佟姐考虑了一下后，看向夏小希，说："这样吧！镯子先放在我这儿，若找到买家，我再通知妳。"

这个结果不是夏小希想要的，但对方如此"豪爽"，自己若磨磨叽叽，反倒显得小气；再则，她也想借此机会测试一下佟姐，倘若"吞"了她的手镯，代表人品不行，说什么也不能替这种人打工。

"可以，麻烦您了。"夏小希答。

"小事一桩，妳还有别的事吗？"佟姐问。

"没有。"

"那慢走不送。"

一离开佟姐的办公室，庞娟就问夏小希为什么不提代驾的事？

"我在等一件事落实后再说。"她答。

一个多月后，佟姐通知夏小希有人愿意出价8万元买她的手镯，问她接不接受？

"接受。"她答。

当手机传来8万元已入账的消息时，夏小希立即决定接下代驾的工作。

第十五章 / 不期而至

为了考驾照，夏小希辞去奶茶店的工作，还好账户里有卖手镯得来的8万元，生活不致于马上陷入困顿，只是从准备考驾照到实际拿到驾照，时间拖得太长，足足花了近四个月的时间，等于驾照一拿到手，很快就面临期末考试，偏偏考试日期又与高考有所重叠，当柳易考完时，夏小希还在为隔天的考试临阵磨枪。

柳易很识趣地没去打扰夏小希，但这不代表他没有行动计划。

"夏小希，外找。"

夏小希刚考完最后一科回到寝室，椅子还没坐热，就听见有人找她。

"谁找我？"她问。

"一个男的，长得有点儿像肖战。"

一听说像肖战，小胖立即冲到窗口一探究竟。

"看到了，看到了，果然长得像肖战。"她高喊着。

这下子夏小希也好奇了，往窗户前一站。

"小希，"柳易用力挥舞双手，"是我，我在这里。"

夏小希承认柳易和演员肖战同属瘦高型，但若说前者像后者，实属胡说八道。

为了不引起更大的骚动，夏小希赶紧下楼去。

"我带了妳爱吃的光饼和马蹄糕，在车上。"柳易开心地说。

与柳易的好心情比，夏小希显得慌乱，说了一句"快走"后，便自顾自地往前走去，直到走了大约五十米，她才后知后觉地问道："在车上？你开车来？"

"不是，"柳易赶上她，"我爸开的车，妳妈也来了，车就停在校外。"

听完，夏小希立刻止步，很惊恐地问："怎么他们也来了？"

柳易解释他考完高考，正想到上海找她，结果他爸和她妈也想看看她，所以一拍即合。

"看我？"她扬起声，"我有什么好看的？何况我还没准备好呢！"

"要什么准备？只是一块儿吃吃饭、聊聊天，再平常不过。"

如果这是四口之家，甚至是重组家庭，夏小希不会说什么，问题是他们既不是四口之家，也不是重组家庭，名不正言不顺的，那才叫个锥心。

"你告诉他们我不在。"夏小希转身，"我现在就回宿舍去。"

柳易立即抓住她的手臂，问她怎么了？

"我不想见你父亲，也不想见我母亲，更不想见你。"
她答。

"为什么？"

"没有为什么，就是不想见。"

"妳怎能如此狠心？"

夏小希本来想答这就是她，如果看不惯，大可离她远一点儿，但看到柳易脸上流露出悲伤的神情，她怎么也狠不下心来。

"对不起，我把话收回来。"

"妳是不是因为考试压力过大，所以看什么都不顺眼？"

"……算是吧？！"

"没关系，我能理解，现在一起去见我们的父母吧！"

"我们的父母"听起来有些怪，但夏小希没挑刺，默默跟在柳易身后。

第十六章/脊背发凉

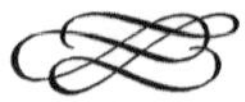

夏小希有一搭没一搭地回答车上三人的提问，忽然，柳老板来上一句："今晚想吃什么？"

这道问题没指名道姓，夏小希自然保持沉默。

"小希，问妳哪！"她母亲提醒她。

"问我？噢！随便。"她答。

柳老板紧接着说："妳来上海这么许久，应该知道不少好餐厅。"

上海的确有不少好餐厅，但皆不是夏小希去得起的，她经常光顾的无非是学校食堂、路边摊或苍蝇小馆，虽然食物也很美味，但毕竟上不了台面。

"我来上海还不到一年，吃的都是十几块钱的快餐，实在推荐不了，抱歉！"夏小希答。

"这样啊……"柳老板停顿了一下，"我倒是知道有家私房菜馆，菜做得挺好的，不如我们上那儿去？"

这段话表面上是征询意见，其实更像是宣布。

"好呀！"夏母首先附合，"我刚好也偷师一下，回去好煮给你……们吃。"

母亲的刻意讨好让夏小希心生不满，但为了不破坏表面的和谐，她选择隐忍下来。

"到了。"柳老板边把车开向一栋大房子边说。

夏小希环顾四周，感觉有些眼熟，像在哪儿见过，直到代客泊车员小跑步过来，她才发现自己居然又来到佟姐的会所。

是这样的，夏小希的两次莅临都是从大马路拐进来，不知此栋楼竟然还有个后门，而柳老板正是从后门进入，方向不对，景观自然略有不同，难怪她没在第一时间认出来。

"麻烦你了，小许。"柳老板摇下车窗说，同时给对方一百块钱。

叫小许的泊车员收下小费后，答："哪里，为柳老板服务是我的荣幸。"

"拜托，千万别认出我来。"夏小希边祈祷边低着头跨出车外，但还是被眼尖的泊车员给一眼认出，那人的眼睛睁得像牛眼一样大。

夏小希努力想表现洒脱，但还是不由自主地脊背发凉。

待四人都下车后，柳老板再次宣布："我们进去吧！"

这次夏小希非常配合，第一个走在前头。

第十七章 / 不该发生的事

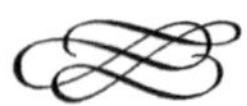

怒放的玫瑰和红丝绒做成的窗帘；彩绘的屏风和无纺布做成的墙纸；木雕的饰顶和玳瑁做成的案上灯；法式的餐桌椅和骨瓷做成的碗盘……等，无一不彰显菜馆主人的独特品味与精益求精的态度。

"这家的红烧肉和响油鳝丝是招牌，我们各叫一份吧！"柳老板说。

"我想吃点儿清淡的。"夏母答。

"上海菜最重浓油赤酱，来上海还吃什么清淡的？"

柳老板以为自己说了个笑话，但听在夏小希耳里却很不受用，她立即以行动表示抗议，一连点了好几道素菜，包括粉蒸猴头菇、竹笙煲清汤、豌豆泥菜花、马兰头拌香干等。

"呵呵！"柳老板干笑两声，"吃素好，我也该吃点儿，免得肚腩越来越大。"

为了转移注意力，夏母问柳易想吃什么？

"我没有特别想吃的，你们点什么，我就吃什么。"他答。

于是柳老板又多点了两道荤食，总算是平衡过来。

当四人"相安无事"地吃着时，夏小希最担心的事还是发生了——穿着改良式旗袍的佟姐，正玉步款款地走来。

"柳老板，今天什么风把您吹来？"佟姐抚着柳老板的椅背，笑意盈盈地说。

"除了想妳的风，没别的了。"柳老板乐呵呵地答。

"小心说话，别让嫂子听了不高兴，回头有您苦头吃。"

"什么嫂子？不过是……朋友。来，容我介绍一下，这是夏阿姨，这是夏阿姨的女儿，这是小犬。"

佟姐一一打过招呼（当然包括夏小希），客气得很。

"那我不打扰了，你们慢用。"佟姐说。

夏小希正庆幸危机解除了，结果下一秒警报声又响起。

"等等，"柳老板叫住佟姐，"怎么妳的这只镯子我看着眼熟，是打哪儿来的？"

"您好眼光，这是我用真金白银买来的。"

"哈哈！看样子这些年妳赚的不少，恭喜了。"

"柳老板，您真爱说笑，我就赚个蝇头小利，哪能跟您比？"

知道柳老板送的手镯实际上被佟姐买去，夏小希的内心五味杂陈。

待佟姐离开后，柳老板有意无意地提到佟姐手上的镯子起码六位数，他买过，所以知道行情。

柳老板话一答完，夏母立即把目光投在女儿的两只手腕上。

"我上个洗手间。"夏小希说。

结果她上完厕所就发现她母亲也在洗手间内。

"妳的手镯呢？"夏母质问，颇有山雨欲来之势。

"什么手镯？"

"放在行李箱内的那一个。"

"噢！那个……"夏小希停了大约五秒，"碎了。"

"碎了？"她母亲扬起声，"我还特意用气泡膜包裹住，怎么会碎？"

此时的夏小希开始把过错撇得一干二净，声称自己完全不知道行李箱内有易碎物，重放重取的结果，当然碎得一塌糊涂。

"东西呢？"她母亲压抑住怒火后，又问。

"扔了。"

"扔了？"夏母再度扬起声，"那是柳老板的心意，妳怎能说扔就扔？"

"我怎么会知道手镯是他送的？上面又没刻他的名字，再说，我也没让他送！"

她母亲听完，气得扬起手来。

"妳要为妳的姘头打我吗？"夏小希问。

夏母本来还能克制住，一听到"姘头"二字，停在半空中的手失控落下，发出啪的一声。

"太好了，"夏小希的眼神像两把犀利的剑，"我要让妳为这一巴掌付出代价！"

"小希，我……"

即使夏母的声音已流露出深深的悔意，但夏小希不给她
反悔的机会，开门扬长而去。

第十八章 / 始料不及

夏小希很害怕那"一家子"会追到宿舍，所以在大街上漫无目的地走着，期间当然也收到几通"索命连环call"，但她一概不予理会，磨磨蹭蹭到了十点，才不得不走回宿舍，还好无人蹲守在那里。

几天后，她打包好行李，移驾到另一栋楼（就像去年申请留校一样），只是这次室友换人了，都是高年级的学姐，不见庞娟。

等安顿下来后，夏小希立刻给庞娟留言，问她在哪一间寝室？然而直到傍晚，她才收到对方的回复——刚起床，晚上七点一起吃饭，我请客，地图发在后面。

这个回答牛头不对马嘴，但夏小希没多想，开始研究起地图来。

庞娟的约饭地点离学校有段距离，几乎都快到外环了。

"怎么约在这里？坐地铁花了我半小时。"夏小希坐下后说。

"我忽然想吃烤肉，所以选了个离家近的。"

这句话听着很怪，什么叫离家近？莫非……

夏小希正想问个明白，结果服务员过来介绍菜品，每件单品都不便宜。

庞娟没耐心听完，直接问哪种上菜快？

"都很快呀！只是套餐比较经济实惠，打了八折不说，还附赠煎饺。"服务员答。

"那就来两份套餐，动作快一点儿。"

换作从前，夏小希肯定会抱怨几句（为什么不问她想吃什么？），但今日是对方请客，加上她也急于知道"离家近"的意思，所以把不满压下。

待服务员走后，夏小希问庞娟："妳的期房是不是收房了？"

"还早呢！起码还有一年。"

"那妳说的离家近是什么意思？"

"噢！那个，"她停顿片刻，"我没参加期末考试，妳不会不知道吧？！"

夏小希还真不知道，听庞娟这么一说，感觉好似已有一段时日没看到她，这都得怪她经常晚归或不归，以致没有及时察觉到异样。

"妳不考试可以吗？"夏小希问。

"反正我已经办理休学，两年后再回来读也一样，只是早拿文凭和晚拿文凭的差别。"

夏小希简直跟不上庞娟的节奏，本来是问房子的事，结果跳到没参加考试，现在又是办理休学，而且一休就是两年。

"妳是不是生病了？"夏小希问。

"比那个还糟糕！"

此时，服务员开始上菜，由于拒绝代烤服务，夏小希和庞娟手忙脚乱的，直到菜全上齐了，她俩才又有了谈话机会。

"讲讲有什么事比生病还糟糕？"夏小希边把五花肉放在火上烤边问。

"我……怀孕了。"

这个回答让夏小希惊掉下巴。

"很惊讶是吧？当初我也跟妳一样，脑子轰的一声，很难相信自己的肚子里忽然装着一个宝宝……"

"孩子的爸怎么说？"夏小希问。

"孩子的爸还不知情，佟姐说如果现在告诉他，只有一个结果，那就是打胎，但生下后再告诉他就不同了，到时候就能予取予求。"

怎么又蹦出一个佟姐来？夏小希要庞娟把事情的始末都原原本本地道出，不带隐瞒。

"妳要听，我就说，我已经憋了好长一段时间，快要不能呼吸了。"

原来孩子的爸是一家上市公司的老板，已婚，年纪大到足以当庞娟的爷爷，这也是她当初没有坚持用套的原因，哪晓得一次就中。后来她把这件事告诉佟姐，佟姐问她想要什么？她答钱，于是佟姐为她租了个房养胎，说等肚里的孩子落地后，再与叶老板谈判。

"这是义务帮忙？"夏小希问。

"怎么可能？事成后，她抽50%，包括帮孩子找到收养家庭。"

夏小希再度被暴击，问庞娟难道不自己养？

"我照顾自己都照顾不来，何况照顾个婴儿？再说，佟姐已经答应我会找个家境好、父母又有学问的人家，这总比跟着我强，妳说是吧？！"

夏小希很想反驳，但又反驳不了，换作是她，她也不愿跟着一个从事特种行业的母亲过活。

"佟姐给妳租了什么样的房？"夏小希换个话题问。

"房龄很新的商品房，有两个房间，家具齐全。"

"两个房间？"

"嗯！佟姐说等肚子大起来，她会帮我请个保姆，毕竟坐月子期间也需要有人照顾产妇和宝宝。"

夏小希喃喃道："她想的可真周到！"

"当然得周到，万一孩子流掉了，她的投资岂不泡汤？而我也会因此背下债务，因为前期的支出都会算在我头上。"

夏小希知道佟姐精明，但没想到这么精明，一点儿亏都不吃，就好比那个镯子，明明是佟姐自己买下（还是以一个极低的价格），却还要装模作样地绕那么一大圈，如果不是偶然间发现实情，夏小希还会以为对方是个大善人。

"看来佟姐就是个吸血鬼！"夏小希有感而发。

"话不能这么说，当老板的，哪个不吸血？我的想法是——但凡能拉我一把，我不介意让对方赚点儿，这是各取所需。"

夏小希心想也许庞娟是对的，人海茫茫，谁又顾得了谁？起码佟姐还愿意搭一把手，就好比那个镯子，佟姐给的价是不高，但起码也比小胖的表哥实在，所以若以此来判断对方不厚道，的确有失公允。

"妳说的不无道理，这让我对接下来的工作稍具信心。"夏小希说。

"妳真的接下代驾的工作？"

"嗯！比较麻烦的是得夜里工作，我怕新来的宿管阿姨会找我麻烦。"

庞娟这才知道宿舍换了新阿姨，不免庆幸自己已办理休学，不再住校。

"妳的确好运气！"夏小希说，"我就惨了。"

"那么妳何不搬过来与我同住？反正佟姐还没请保姆，房间空着也是空着，如此一来，妳就不用担心宿管阿姨给妳穿小鞋了……我的意思是至少这个暑假都不用担心。"

夏小希喜出望外，问这可是真的？

"当然是真的，只要妳不嫌路途遥远就行。"庞娟答。

就这样，夏小希取消了留校申请，转而搬去与庞娟同住。

第十九章/换汤不换药

有句话"小姐身子丫鬟命"，说的是有些女子的容貌和才华不比大家闺秀差，但由于出身不好，只能当丫鬟。把这句话放在夏小希身上，那再合适不过，因为以她的颜值和心比天高的性格，完全足以让自己上升到一定的高度，奈何她的家庭实在太糟糕，她不得不在屈辱中苟活，现在连佟姐和庞娟这类游走在法律边缘的人也成了她亲近的人，夏小希感觉自己再度被命运鞭笞。

"妳今天开始上班？"刚起床的庞娟顶着一头乱发问夏小希。

"嗯！"

"下完班，妳怎么回来？"

"我有折叠单车！"

夏小希的工作时间是晚上十点至凌晨五点，为此她特别做了规划——每晚骑折叠单车到最近的地铁站，下了地铁后，再骑车至会所，回程也一样，除了解决往返的交通问题外，还有一个作用，那就是折叠单车的体积小，能放进轿车的后备箱中，这样送完客人，她还能自行骑回会所，直接省下不少交通费。

"怎么不买辆折叠电动车？"庞娟冲口而出，"这样省力多了。"

"我也想啊！可是折叠电动车的体积比折叠单车大，佟姐说有些客人会不乐意腾出空间来。"

这个回答刺激到庞娟，她表示最讨厌这种刁客，有几个臭钱就当自己是大爷，一点儿同理心也没有。

"算了，趁机运动一下也好。"她答。

彼此沉默一会儿后，夏小希还是决定把埋藏在心里有一阵子的疑问拿出来晒一晒。

"娟，佟姐说会所每晚有2～3名女代驾待命，虽然一来一回需要时间，但这未免过多？"夏小希问。

庞娟看了她一眼后，将目光落在地板上，夏小希以为地板上有什么，也跟着瞧，结果对方很快又回望她。

"妳这是怎么了？"夏小希又问。

"我在想该怎么举例？"

"想到了吗？"

"想到了。"

庞娟以超市为例，明明超市里的东西都已摆在陈列架上，但结账时，收银台四周还是布满了货品，目的是让消费者做最后一分钟的购物……

"妳的意思是……我也是卖的？"夏小希喉咙发干，"难怪需要这么多代驾，毕竟性交易也需要时间。"

"话不能这么说，有些客人醉到连路都走不稳，妳说还能怎么着？要提防的是那些三分醉七分醒的客人，不过妳放心，佟姐绝不会让代驾吃哑巴亏，只要上了，就得付钱。"

夏小希听完，呆若木鸡。

"妳若有顾虑，现在退出还来得及。"庞娟挠了挠头，"好几天没洗头了，再这么下去，头油都能拿来炒菜了。"

夏小希还是没接话，庞娟便自行洗澡去，等她洗好后，夏小希已不在屋内。

"搞什么？"庞娟皱眉，"我还想着让她帮我吹干头发呢！"

另一厢的夏小希正骑着单车四处晃悠，当行经福州路时，她忽然想着买几本书看看也好，于是在上海书店停下。

一个小时后，她提着一袋子的书走出来，像提着一大袋的纸钞一样满足。

有了书，她又上步行街买了一顶棒球帽和一盒一次性口罩。

"有了这些，应该足够了。"夏小希心想。

第二十章/往火坑里跳

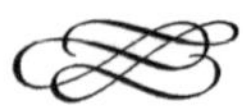

当得知佟姐把她当成商品时，夏小希恨不得将对方碎尸万段，但冷静过后一琢磨，为了拿到驾照，她辞了奶茶店的工作不说，为此还花了不少钱，如果这个暑假不能及时赚到下学年的学费和生活费，光凭卖镯子的钱，她支撑不了多久，何况当初曾对柳易夸下海口（自己和母亲会在一年内搬出柳宅），若不打这份工，哪里还找得到月入八千的"高薪"兼职？又如何实现诺言？

考虑再三，夏小希还是决定往火坑里跳，原因有二：一来头已经洗到一半，怎么也得洗完；二来只要防护到位，潜在风险应该能降到最低……

"妳就是新来的代驾？"一个年轻女孩主动靠过来，"看的什么书？"

夏小希承认自己是新来的代驾，接着把书合上，好露出书名。

"《生命不能承受之轻》？好怪的名字，这种书妳也看得下去？"

夏小希反问她平常都看哪类书？

"打从初中辍学起，我就发誓不再看书。"

当庞娟提到会所的工作人员都得具备基本的英语会话能力时，夏小希的脑海里产生"人人都是高级知识份子"的刻板印象（这令她稍感安慰，即使这种安慰禁不起推敲）。如今得知连初中辍学生也混了进来，她颇感不是滋味，遂低头看书去，然而女孩却没意识到不对劲，依旧兴致勃勃。

"我叫Alice，来自一座美丽的大山。"她说，"妳呢？叫什么名？"

"夏小希。"

"没英文名？"

"没。"

"取一个不难啊！总比中文名洋气。对了，妳怎么打扮得像个男孩子，还戴口罩？"

此时的夏小希穿着工人装，再把头发扎起，塞进棒球帽里。

"我感冒了，如果像妳这么穿，感冒会加重。"

Alice穿的是露胸兼露肚的紧身衣，怎么看都不像是"纯粹"的打工人。

夏小希以为自己已经装病，对方应该会"敬而远之"才是，哪知这个叫Alice的代驾非但没有离开，反而开始碎碎念，说的是自己买包被骗的事，后来话锋一转，埋怨起Lily总是迟到，每次都这样……

"妳说的Lily是她吗？"夏小希问。

Alice顺着夏小希的目光望过去，立即承认那个露出一截大长腿，并且正拼命杀过来的女人正是Lily。

"累死我了！"那人紧急刹车，"差点儿迟到。"

"妳已经迟到了。"Alice冷冷地说。

Lily左顾右盼，接着吐了吐舌头，答："反正没人知道。"

话音一落，泊车员小许向三个女人吹来一长声的口哨。

"我的菜。"Lily宣布完毕，脚一蹬，骑向那辆SUV。

"好个小贱货！"Alice骂道。

夏小希不明所以，问："有人抢着工作，不好吗？"

"啧啧啧......"Alice边答边摇头，"菜鸟就是菜鸟，不出几天，妳也会抢着做。"

在夏小希看来，佟姐给的月薪是八千，做多做少都是八千，她是当一天和尚撞一天钟，只要不明显怠工就行。

大概夏小希没追着Alice请教经验谈，让对方有些失望，竟然主动交代泊车员吹口哨是有讲究的，一长声代表客人尚清醒着，一短声代表客人已经醉到不省人事。

"有差别吗？"夏小希问。

"有差别吗？"Alice大笑不已，"没......没差别。"

"没差别就好。"夏小希答完，再度低头看书去。

话说没差别，其实还是有的，夏小希注意到只要是长声口哨，Alice和Lily皆抢着做，导致当短声口哨传来时，夏小希成了"责无旁贷"。

"这是地址，"泊车员小许递过来车钥匙和一张纸条，"妳得送客人到家。"

"你的意思是......到家？"

"当然，如果家里无人应门，妳还得负责将人送上床。"

这个回答让夏小希很感意外，她原以为只要送到小区门口即可。

"对了，妳和柳老板是什么关系？"小许忽然问。

"不关你事。"她沉下脸来，"门钥匙呢？"

"高档住宅多是智能锁，刷脸或刷指纹，如果不是，妳自己看着办。"

夏小希皱了皱眉，紧接着坐上驾驶座。

第二十一章 / 曙光

第一天不明就里，让自己累了个半死。经此教训，夏小希重新整理思路，决定采用更"理性"的方法，果然轻松多了。

"如果客人连走路都困难，"夏小希说，"我便留人在车内，自己上门请求支援；倘若无人应门，那就比较麻烦，我得走到保安室，请那里的保安搭把手，还好两个月下来皆未遭拒。"

"这么听下来，工作也没什么难度嘛！"庞娟走了过来，接着在沙发上躺下，她的肚子微微突起，"我还以为妳的客人会借机揩油。"

看到薄纱睡衣下的那个突出物，夏小希立即将目光移开，答："这还得感谢Alice和Lily，因为尚清醒的客人都被她俩捡走了。"

"哈哈哈……"庞娟笑不可支，"看来等我卸货完毕，也该去做代驾的工作，毕竟应付半醉的人，老娘还是游刃有余的。"

"我以为妳卸货完毕，会有花不完的钱。"夏小希说。

"这当然是最好的结局，不过也得看肚里的东西到时候能不能生下来，如果中间有个闪失，那就前功尽弃了。"

这提醒夏小希——庞娟的肚子已经大起来，佟姐何时请保姆？

针对疑问，庞娟答："这也是我想跟妳商量的，佟姐说现在请个住家保姆，起码得七千。我想着与其面对一个不认识的人，倒不如让自己人赚，反正我又不挑食，偶尔吃个外卖也是可以的。"

夏小希听完立即反对，因为她没把握能伺候好孕妇，甚至帮做月子。

"眼下就快开学了，妳认为学校宿舍会允许妳凌晨再进门？"庞娟边反问边坐起，"如果不住校，代表还得在外租房住，那可是一笔不小的开支。"

夏小希想了想，庞娟所说不无道理，但她还有话要问。

"如果我忙不过来，能不能请小时工应付一下？"她问。

"其实只要不太脏，我都能忍受，至于请小时工，那是妳的事，反正从那七千元里扣。"庞娟答。

就这样，夏小希有了两份工，一个月约有一万五的进账，还包食宿，相比大多数刚就业的应届大学生，待遇要好太多，看来农历新年前就能将她母亲接到上海同住，从此远离那个罪恶的深渊。

想至此，夏小希的全身充满了力量，像打了鸡血似的。

第二十二章／又在同一个城市

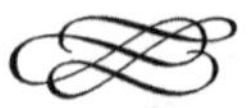

为了同时顾及课业和工作，夏小希每天像个陀螺似地转个不停，但这不表示她不清楚柳易的一举一动，因为后者每天都会跟她汇报生活点滴。

"你不用每天都跟我交代去了哪里？见了谁？做了什么？我一点儿都不关心。"夏小希回复。

"妳不关心，我也汇报，因为妳是我的树洞，惟有面对妳时，我的心才能安定下来。"

若说夏小希不关心，那纯属无稽之谈，因为柳易的每一条留言，她都会阅读，但不是次次都回复，好比现在，当柳易又似有似无地表白时，她就沉默了。

"妳还在吗？"柳易忍不住问。

当屏幕上再也没有新留言，柳易只好将惊喜留到面对面时……

"你……你怎么来了？"夏小希一步出教室，就见到两个多月没见的柳易。

"我来学校报到。"他答。

"你……你考上这里了？"夏小希惊讶问道。

"不，我考上T大，离这里约半小时车程。"

T大是一本大学，与夏小希就读的民办高校有天壤之别。

"我想也是，你怎么可能考到这里来？那么……恭喜你了！"她答。

"对了，"柳易紧接着问，"妳待会儿是不是得上奶茶店打工？"

夏小希已经从奶茶店离职大半年，柳易仍不知情。

"我不做了。"她轻轻地答，"不是每份工的薪水都这么低。"

柳易没听出话中话，反而答不做也好，这样才能享受大学生活。

"享受"这两个字听起来很奢侈，至少对夏小希来说正是如此。

他俩后来一起上学校附近的火锅店解决民生问题，柳易告诉她："是我爸送我来上海读书，开了四个多小时的车，他本来也想顺道看看妳，被我阻止了，我说先让我探探口风。"

"有什么好看的？"夏小希将汤勺伸进火锅内，"还不是两个眼睛、一个鼻子、一个嘴巴？再说，你探什么口风？"

"因为不知道妳有没有牵怒我爸，还有，妳妈让我代为传达她的关心和……歉意，她说她不该打妳。"

"打都打了，"她终于捞起一片莴笋，"说这些有什么用？"

柳易叹了一口气，答："不是我说，妳的脾气也该改改，见好就收吧！没必要把后路堵死。"

如果深究，柳易的这段话没啥毛病，甚至算得上苦口婆心，但听在夏小希耳里却很不受用，她感觉自己被背叛了。

"柳公子，"她用力掼下筷子，"你到底站在哪一边？"

"当然是妳这一边，"他瞬间放低音量，"一直以来都是，但妳打算与母亲置气一辈子吗？"

此时的夏小希也意识到自己的孟浪，是啊！此时不下台阶，更待何时？

"让我想想，毕竟原谅也需要时间。"

见有缓和的迹象，柳易高兴地从火锅里捞出鹌鹑蛋，边放进夏小希的碗里边说："别光吃菜，补充蛋白质也很重要。"

从火锅店出来后，他们又散了会儿步，接着夏小希便表示自己得回宿舍了。

柳易看了一眼手机上的时间显示，答："还不到九点，女生宿舍都这么早关门吗？"

两个多月前，夏小希就已搬去与庞娟同住，柳易不知情，而她也没打算开诚布公。

"没那么早关门，但我有事要忙。"她答。

"那我送妳回宿舍。"

"不用了，就在这里分手。"她停下脚步，"前面就是地铁站，我看着你走。"

等柳易进了地铁站，夏小希立即叫网约车，时间有点儿晚了，她得赶紧回家取折叠车。

第二十三章 / HOOKER

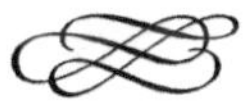

夏小希的代驾工作从夜里10点到次日凌晨5点，换言之，越早叫代驾的，清醒度越高，也就是说从夜里10点至午夜12点，客单基本都被Alice和Lily拿下，夏小希可以安心温习功课。

"妳看的什么书？" Alice问。

夏小希把书合上，好露出书名。

"气象学？" Alice念道，"原来妳想当天气预报员。"

夏小希有种被暴击的感觉，怎么有人会如此孤陋寡闻？

"不是。"她表情严肃地答，"气象学是大气科学的一个分支，英文是Meteorology，乃以大气为研究的客体，分别从定性和定量两方面来说明大气特征的一门学科。再讲得白一点儿，气象学跟天气预报也许扯得上关系，但跟'天气预报员'的关系就不大，后者更注重形象端庄、口齿清晰。"

Alice立即被唬得一愣一愣的。

"呵呵！"她终于回过神来，"大学生就是不一样哈！那妳知道什么是Hooker吗？"

"Hooker？"夏小希重复，"妳为什么问这个？"

Alice很高兴地表示昨晚的洋客人说她是Hooker？她还问这是什么意思？那人回答是美女的意思。

Hooker的意思其实是妓女，Alice不明所以（也难怪，她连初中文凭都没有），还以为洋客人在赞美她。

"下次若有人说妳是Hooker，妳就赏他一巴掌。"夏小希脱口而出。

"为什么？"她问。

夏小希转念一想，Alice表面上做的虽是代驾工作，但也提供性服务，从本质上来说，依然是妓女，洋客人说的也没错。

"我开玩笑的。"夏小希答。

"就知道妳是开玩笑的！"Alice睨了她一眼，"对了，从认识到现在，妳不是感冒，就是对空气过敏，从来就没看过妳的正脸，我很好奇妳长什么样，何不摘下口罩让我瞧一瞧？"

"没什么好看的，我长得丑。"

话一答完，夏小希的口罩忽然被Alice扯下，即使马上抢回，重新戴上，但那盛世美颜还是毫无保留地展现出来……

此时，长声口哨传来，夏小希顾不得这一向不是她的工作，立即推着单车走上前去。

小许看到来者是夏小希，露出惊恐的表情。

"车钥匙和地址呢？"夏小希佯装镇定地问。

"客……客人尚清醒着，"他递过来车钥匙，"地址妳问他。"

夏小希取走钥匙，坐上驾驶座。

第二十四章 / 意想不到

柳老板和家里的阿姨不清不楚了十多年，原本以为过了七年之痒，应该安定下来，孰料最近越来越乏味，即使有肌肤之亲，也是早早了事，连个前戏也没有。

"你是不是厌倦我了？"那女人问。

"没有的事，妳别瞎想。"

嘴里否认，但柳老板知道自己的身体很实诚，不爱就是不爱了，怎么拉都拉不回来，何况他俩没有婚约的束缚，说白了，什么时候抽身都可以，只是碍于情面，他想缓缓再说。

今日是柳易向学校报到的日子，本来女人也想跟上，顺便探望在上海读书的女儿，结果临行前不小心崴了脚，只能眼睁睁看着那对父子北上。

"待会儿到了上海，我们把小希叫出来一起吃个饭。"柳老板边开车边说。

"不好，还是让我先探探口风吧！"他儿子答。

提起小希这个孩子，她可说是在柳老板的眼皮底下长大，然而相处了那么久，两人的关系却一直扑朔迷离，"父女"肯定谈不上，"朋友"也未必，或许能粗略地用"上下级"来形容，反正该有的客气与疏离，一样也没落下。

如今儿子认为不见面比较好，柳老板也不坚持，把儿子送到学校后，便想打道回府，哪知居住在上海的张老板此刻忽然打来电话，当得知老柳就在上海后，说什么也要喝上一杯，地点就选在佟姐开的私房菜馆。

柳老板是那家私房菜馆的老客户，熟门熟路，当下便拍板敲定。

酒过三巡后，张老板约柳老板上楼逍遥。

"来过那么多次，但我从未上楼过，楼上都卖些什么？"柳老板问。

"卖什么？"张老板嘿嘿嘿地笑，"你去了就知道。"

如果楼下像举止优雅的名门闺秀，楼上便是热情奔放的荡妇卡门，这让循规蹈矩惯了的柳老板感到无比亢奋，并且逐渐在昏暗的灯光、浓郁的香水味与女郎的投怀送抱中迷失自我，还好关键时刻踩了刹车（倒不是柳老板坐怀不乱，而是害怕染上性病）。

"你确定不要？"张老板问。

"确定不要。"他答。

后来柳老板回到自己车内，张老板则继续醉卧美人膝。

"您好，请问我……我……我得把车开到哪里去？"夏小希从后视镜看到客人竟然是柳老板时，吓得语无伦次。

至于柳老板这边，一开始他看到的是一位瘦弱男子坐进驾驶座，如今听声音却像个女的，于是打量起代驾，无奈醉眼迷离，实在分辨不出是男是女。

由于好半天得不到客人的回复，夏小希只好重复说过的话。

"我听到了，开到X酒店吧！"柳老板答。

X酒店是国际连锁的五星级酒店，以"环境好、服务佳"闻名，所以只要留宿上海，柳老板总选择X酒店。

得到答案后，夏小希启动手机导航，接着缓缓驶离会所……

在下榻酒店的地下停车场停妥后，夏小希下车为客人打开车门，哪晓得柳老板一跨出车外，身体便失去平衡，夏小希及时伸出援手。

"谢谢！"柳老板说。

夏小希没回答，转身想取走放在后备箱内的折叠车，此时柳老板喊住她，表示自己不舒服，问她能否帮他办理入住手续？

方才夏小希出手相助时，没想到被揩油了，她能理解对方是在醉酒的情况下，不小心触碰到，但心里难免有疙瘩，如今柳老板开口寻求帮助，她犹豫了一下，还是答应下来。

当夏小希把柳老板的证件交给酒店前台时，工作人员问怎么只有一张身份证？

"我不入住，他……他是我叔叔。"夏小希解释。

工作人员看了一眼坐在沙发上揉着太阳穴的客人，没说什么。

办好入住手续后，夏小希走向柳老板，边交出手中的房卡边说："房间在三楼。"

柳老板没伸手去接，反而说自己头疼兼两眼昏花，怕走错房间，问她能否带路？

由于是临时住宿，柳老板没有携带随身行李，自然不会有人送行李至房间，也就失去让服务员顺便带路的正当理由。当然，柳老板也能让服务员特别走这么一遭，不过经过方才的身体接触，他忽然急切地想留住眼前的这位"女"代驾。

听到带路请求，夏小希立即左顾右盼，想找个"闲人"代劳，无奈此时的酒店大厅忽然涌入一批旅行团客人，服务员已经忙得不可开交，看样子只能"送佛送上天"了。

"好，我带你上去。"夏小希答。

第二十五章 / 遮羞费

夏小希把走路跟跟跄跄的柳老板送上床，结果对方一个大翻身，将她压在底下，同时上下其手。

"别这样，我要叫了。"夏小希边抵抗边说。

"妳叫啊！我帮妳。"

话一答完，柳老板扯下夏小希的口罩，当看到对方尊容时，用力眨了眨眼。

"小……小……小希？"柳老板吓得酒意都跑掉一大半。

夏小希趁机推开柳老板，接着站起，不屑地说："没想到你是这种人！"

"哪种人？"柳老板听了来气，"我不过是个正常男人。"

"你就不怕我将此事告诉我母亲？"

"这句话应该由我来问——妳就不怕我将此事告诉妳母亲？"

夏小希没想到自己会被反将一军。

"算了，"她努力压抑住怒火，"我们就当此事从未发生过。"

"妳撩完我，就想一走了之？"柳老板问。

"有没有搞错？我什么时候撩你了？"

"现在。"

柳老板答完，投来色眯眯的眼神，夏小希低头一看，完了，怎么酥胸外露？

她立即动手整理衣服，哪知柳老板精虫上脑，以迅雷不及掩耳的速度飞扑上去，又是亲嘴，又是揉胸，情急之下，夏小希喊出柳易的名字。

柳老板听到儿子的名字，像被泼了一盆冷水，人立马清醒过来。

"妳走吧！"柳老板翻身离开夏小希，"对不起。"

一句对不起就将所有罪恶抹去，夏小希越想越气，回会所的路上，好几次差点儿出车祸。

"妳还好吧？！"Alice问。

"不好！"夏小希把单车往旁一扔，发出哐啷一声，"希望今晚全世界都毁灭掉！"

"妳该不会被客人欺负了吧？！"之前还在接单的Lily紧接着问。

尽管夏小希矢口否认，但两日过后，流言还是传到佟姐那里去。

"柳老板是不是欺负妳了？"佟姐问她。

"没有。"

"真没有？"

夏小希想了想，问毛手毛脚算不算？

"当然算，他猥亵妳了？"

听佟姐这么一问，夏小希忽然百感交集，眼泪哗啦啦地流。

"别哭，我会替妳出这口恶气！"佟姐说。

"妳知道柳老板和我的关系吗？"夏小希不放心地一问。

"我不管你俩是什么关系，只要动了我的人，就得付出代价。"

不到半天的工夫，夏小希的手机便传来进账两万元的短信通知，不用猜，肯定是佟姐帮她要到的遮羞费。

拿到这笔肮脏钱，夏小希丝毫没有欣喜之情，反而觉得是种耻辱。

"娟，陪我去买件大衣。"她对庞娟说。

"妳终于舍得对自己好一点儿，等等，我换件衣服。"

这么一等，半小时过去了，当庞娟再度出现时，夏小希认为新换上的还不若原来的那件好看，但她没有说打击的话。

一开始，庞娟以为夏小希想买便宜货，所以逛的都是外销成衣店，后来发现对方兴趣缺缺，遂问她的预算是多少？

"两万。"夏小希答。

"两万块能上商场买，运气好的话，还能买到名牌。"

"我不管是不是名牌，只要把两万块花出去就是。"

"妳是不是赚外快了？"

夏小希一时语塞，最后还是决定转移注意力。

"原来是买给妳母亲的，那的确该买好一点儿。"庞娟答，"今日就看我的，我一定帮妳挑件好的。"

后来她俩同时看上一件廓形双面羊绒大衣，刚好可以遮住中年妇女的大肚腩。

当导购得知大衣是用来送人时，贴心地问需不需要把标签（¥18，000）给剪了？

"不需要。"夏小希果断地答，"对了，你们店里有没有标价两千元的货品？"

"当然有，围巾一条一千元，买两条就是两千。"

夏小希二话不说，选了黄色和米色两款，用来搭配驼色大衣正好。

当她俩走出店外时，庞娟对夏小希说："妳好像很执着两万这个数字。"

"是的，我恨那个数字。"她答。

庞娟投来不解的眼光，夏小希假装没看到，自顾自地往前走去。

第二十六章／倒打一耙

夏母收到女儿的包裹，一开始很狐疑，打开之后，狐疑变成了指责。

"小希也太不会过日子了！这大衣根本要不了18，000元；围巾也是，那么普通的一条要价1，000元，两条便是2，000元，这也太坑人了！"夏母叨念着。

当佟姐联系柳老板，问他要如何解决店内员工被欺负的问题时，柳老板二话不说就汇过去十万元（他当然料想不到佟姐会扣下其中的八万），所以知道夏小希的钱从何而来，也知道她这么做是为了使自己难堪，但此时只能假装不知情。

"这是妳女儿的一番孝心，就别在乎钱多钱少，收下就是。"柳老板说。

"你不懂，为了不拖累小希，我已经开始存养老钱，也就是说，她现在的学费和生活费都只能靠自己。如今她不知哪根筋不对，给我寄来两万块钱的礼物，我担心她要如何支付那些费用？"

"放心，即使买了两万块钱的礼物，她还是有余钱。"

"你怎么知道？"

一句话把柳老板问倒了，他支支吾吾地解释夏小希是他从小看大的，依据他的观察，这孩子不会任性消费……

"这才是我要担心的。"夏母答，"如果她能随随便便就花掉两万块，钱打哪儿来？不行，我得找个机会问问。"

"妳还是省省吧！孩子给妳买礼物，还被问东问西，妳想她下次还会搬石头砸自己的脚吗？妳现在该做的不是疑神疑鬼，而是打电话表示感谢，其他什么话都别说。"

虽然夏母隐约感觉到有哪里不对劲，但鉴于她和女儿的关系近来很紧张，这突然的示好的确不能搞砸，于是勉为其难地接受柳老板的建议——不再捕风捉影，并且即刻拨打电话。

"妳喜欢就好。"电话另一端的夏小希答，"柳老板有没有说什么？"

"他也说大衣和围巾好看，对了，妳的钱够不够花？"

听母亲这么一问，夏小希的委屈爬上心头，哽咽地答："不够花也这么过来了，放心，妳女儿是打不死的蟑螂！"

夏母不明白为什么寻常的问话会惹得女儿悲从中来，也许这当中真有她不知道的隐情……

"妳离得那么远，要好好照顾自己，可千万别走歪了。"夏母叮嘱着。

夏小希一听来气，什么叫"别走歪了"？她若走歪了，也是柳老板害的！

"还是看好妳的身边人，谈到走歪，他才是最大的嫌疑人！"

"什么意思？"

"妳何不问问柳老板？"

挂断电话后，夏小希有了"报一箭之仇"的快感，但说不上是针对柳老板还是自己的母亲，也许两者皆有吧！

与夏小希的"大快人心"不同，夏母这边开始琢磨起女儿的话中话，心想莫非姓柳的有什么把柄落下？

"怎么了？"柳老板察觉有异，遂问。

"我要小希别走歪了，结果她让我看好你，还说你是最大的嫌疑人。"

"呵呵！嫌疑人？"柳老板笑得很勉强，"这是开哪门子玩笑？"

"没有就好，跟了你十几年，名份没捞到也就算了，可别让我里子和面子皆失，到时候撕破脸就难看了。"

此时的柳老板心情复杂，想当初无非看这对母女可怜，所以既花钱又劳心劳力，虽然给不了名份，但该给的都给了，反倒是这两人得寸进尺，他不过是犯了全天下男人都会犯的错，事后还爽快付了十万块，没想到做女儿的收下钱后却倒打他一耙，而做母亲的还出言恐吓，人怎能坏到这种程度？看来这关系是该做个了断，省得夜长梦多……

夏小希做梦也没想到自己的一时嘴快会坏了母亲的好事，更惨的是，负气出走的母亲无处可去，最后只能北上找女儿。

"小希，妳怎么没住学校宿舍？"夏母一通电话打了过去。

"我……我……妳在哪里？"

"在宿舍门口呀！"

夏小希有太多问题想问，但此时的她正在送客人回家的路上，时间上不允许，何况也走不开。

"妳站在那里别动，我让朋友过去接妳。"夏小希说。

"妳朋友是男是女？"她母亲嗅到一丝不寻常，遂问。

"女的，快临盆了。"

现在换夏母有太多问题想问，但夏小希没给她这个机会，匆忙挂断手机后，紧接着拨打庞娟的电话号码。

第二十七章 / 做白日梦的母亲

"妳也帮帮忙，我都快生了，还差遣我？"庞娟在电话那头嚷了起来。

"谁让我妈不打一声招呼就来，我也没办法啊！"夏小希解释。

虽然嘴里骂骂咧咧的，庞娟最后还是搭车去接人。当夏小希收工回来时，她母亲正把一锅白粥送上桌。

"妈，妳没睡？"她问。

"这句话应该由我来问——妳一夜未归，是睡了还是没睡？"

夏小希听完，望向庞娟的房间，那里房门紧闭着。

"我朋友是怎么说的？"她问。

"妳朋友说妳做代驾的工作，从夜里到凌晨，所以没法儿住校，因为学校宿舍会晚点名。"

这个答案基本吻合实情，只是隐去其中的危险性。

"我朋友说的没错，所以我现在得去补眠，省得待会儿上课打瞌睡。"

夏小希答完就想回房，结果被她母亲一把抓住，问："难道妳就不想知道我为什么来找妳？"

"妳为什么来找我？"

"因为……因为柳老板外面有人了，所以我想消失一阵子，让他感受一下失去我的痛苦，或许……或许事情还有转圜的余地。"

当柳老板扑向自己时，夏小希就知道母亲的地位已岌岌可危，如今这个傻女人还做着白日梦，妄想对方会用八人大轿迎她回去，真是可笑至极！

"那行吧！妳就暂时住下，等庞娟生完，妳还能帮着做月子。"夏小希说。

夏母立即抗议，表示自己又不是月嫂。

"妳不做，就得我做，我哪有时间？再说，我之所以能食宿全免，且每月另有7000元的进账，还得拜'照顾孕妇'所赐，否则天底下哪有这等好事？"

夏母知道是小希接下的工作后，自然愿意分担，只是做完月子，女儿又该何去何从？

夏小希随即要母亲放心，因为她已经攒下一笔钱，到时候母女俩就能找个房子住下……

"可别把我放进妳的计划中，"夏母答，"柳老板应该很快会来接我回去。"

夏小希很想劝自己母亲清醒过来，但话到嘴边又吞下。

"随便妳，妳开心就好。"她打了个哈欠，"我去睡了，别吵我。"

"等等，吃完早餐再睡。"她母亲说。

然而瞌睡虫已上身的夏小希哪顾得了祭五脏庙？她摆摆手，往自己的房间走去……

"等等，吃完早餐再睡。"她母亲说。

然而瞌睡虫已上身的夏小希哪顾得了祭五脏庙？她摆摆手，往自己的房间走去……

第二十八章/庞娟生了

"不速之客"的到来让庞娟颇有微词，尤其夏小希不愿与自己的母亲同床，客厅里的沙发成了唯一的选择。

"告诉妳，"庞娟抓住刚进门的夏小希，接着就是一阵输出，"昨晚我到厨房拿水，差点儿被妳妈吓到。"

"我妈呢？"夏小希换上家用拖鞋问。

"大概买菜去了。"

"这几天妳吃的好吗？"

"……嗯！"

"家里干净不？"

"干净。"

"那妳还抱怨？"

自从夏小希的母亲搬进来后，生活质量的确大有提升，譬如每餐都有鱼、有肉、有汤，饭后也有切好的水果，家里更是维持得一尘不染，比起夏小希这个不合格的"保姆"，她母亲显然靠谱很多。

"我也不是抱怨，而是半梦半醒间，真的会被吓到，何况她还老爱说我，既要我别抽烟喝酒，还别听吵死人的音乐。"

"除了客厅沙发，妳让我妈睡哪儿？再说，一次会被吓到，多来几次就习惯了，至于其他……我跟她说去，另外还有什么？我一并说了。"

"还有……还有……对了，妳怎么没告诉我——妳妈的男朋友就是柳易的父亲？"

庞娟见过柳易，也知道他是夏小希的发小，不过仅此而已。

"我不回答这么无聊的问题。"夏小希沉下脸来，"待会儿还得上夜班，我先回房休息。"

等母亲买菜回来，夏小希立即把人叫进房内。

"能不能别什么话都往外说？"她气得咬牙切齿，"又不是什么光彩的事！"

"我只是想声明自己不会一直待在这里，毕竟远香近臭嘛！"

"那也没必要交代得这么清楚啊！"

"小娟不像妳，她什么话都对我说，包括她有个悲惨的过去，还是未婚先孕，既然人家都这么坦诚，我怎好藏着掖着？"

夏小希听完，喀噔了一下，心想庞娟不会出卖自己吧？！

"除了这个，庞娟还说了什么？"夏小希问。

"她还说坐完月子就要出国去，所以妳是对的，得准备搬家了。"

庞娟要出国？这倒是第一次听说，夏小希立即跑去核实。

"我一直想到美国走走，"庞娟答，"如果一切顺利的话，也许三、五年后再回来。"

"三、五年？"夏小希扬起声，"美国允许妳在那里待上三、五年？再说，妳不是打算生产完就回学校念书？"

"不瞒妳说，这些日子我和一个老美在网上谈了朋友，他鼓励我迈开第一步，还说会协助我在当地就学，完成我上美国大学的愿望。妳想啊！既然能上美国大学，我还回那个三本大学干啥？"

夏小希愣住了，曾几何时，当包租婆、到美国上大学等，一度也是她的梦想，没想到庞娟就要早她一步实现，而此人的先天条件甚至还不如己。

"咳咳！"夏小希咳嗽两声，"我认为……"

"我知道妳想说什么，无非质疑我被骗了。实话说，就算被骗，我也认了，因为我想到一个没有人认识我的地方，好从头开始。"

夏小希心想怎么庞娟的每一句话都说到她的心坎里？毕竟她也曾想过躲到一个没有人认识自己的地方，一切从头开始。

"既然这样，那我祝福妳！"夏小希诚心地说。

知道与庞娟离别在即，夏小希把上课及工作之余的时间都拿来找房，这一找才发现问题多多——租金高的负担不起；租金低的总有这个、那个的缺点。

"何必麻烦？"庞娟说，"我退租后，妳紧接着租下去就是，我想房东会乐见其成。"

房东当然乐见其成，但少了"保姆"的工作，夏小希的月薪只有八千元，而这房的租金是五千，她实在不知道如何利用剩下的三千元去支付生活上的种种开销？

庞娟听完，建议她把其中一间出租出去，好歹能收回租金的一半。

"不，另外一间留给我母亲。"夏小希说。

"可是……"

"我不管我母亲是怎么跟妳说的，她跟我住这件事没得商量！"

正当夏小希烦恼"房事"问题时，某个凌晨，她一进门便发现家里空无一人。

"庞娟该不会生了吧？！"夏小希喃喃道，接着拨打母亲的手机号。

"小娟生了，男孩。"夏母在电话那头兴奋喊道，"妳赶紧通知她家里人。"

庞娟恨不得与自己的家人永久失联，何况夏小希也没有她家人的联系方式。

挂断手机后，夏小希立即赶往医院，忘了其实还有个重要联系人——佟姐。

第二十九章/懂我的人

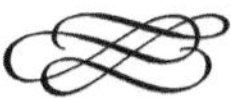

很难用几句话来概括庞娟生产后的日子，反正就是一片混乱，婴儿不时啼哭就不说了，庞娟这个当妈的，还时而歇斯底里，时而黯然伤神，搞得夏小希都不想生孩子了。

当她把这个想法告诉母亲时，她母亲正色地说："妳可不能这么想，当母亲是天职，没有孩子，生命就不完整了。"

"那不结婚呢？"她接着问。

"那是大逆不道，会遭天打雷劈。"她母亲接着答。

"如果只结婚，不生孩子，或者只生孩子，不结婚，哪个更严重？"

"都严重，妳休想占有其中之一。"

夏小希感到很不可思议，她母亲结婚了，也生了孩子，可是并不幸福，不是吗？

她母亲听完，支支吾吾半天，最后给了一个避重就轻的答案——只要妳结婚生子，我就幸福了。

这么耍无赖的回答，也是没谁了。

另一边，柳易的频繁关心也是问题，有一次甚至把她堵在学校食堂，逼得夏小希不得不退出排队的队伍。

"你到底想怎样？"她没好气地问。

"就想问妳是不是不住校了？"

夏小希的心喀噔了一下，忙问是哪个大嘴巴说的？

"谁告诉我的重要吗？问题是妳住没住校？"

"我住没住校，干你何事？"

柳易抿了抿嘴，这是克制某种情绪的表现；反观夏小希，她的下巴扬起，嘴角下垂，这是内疚的肢体语言（显然，她也意识到自己把话说重了）。

"好，那……"

柳易话还没答完，夏小希就主动交代她没住校是因为打工结束得晚，无法在宿舍关门前赶回来，只好搬去与以前的室友同住。

"妳在哪儿打工？结束得晚究竟有多晚？"柳易问。

夏小希就知道会是这个结果，到最后总会问到她最不想回答的环节。

"在校生能打什么工？无非也就那样；打工能有多晚？再晚也得让人睡觉。"

这个回答跟没回答一样，不过倒也间接解释了为什么夏小希总不回他的消息。

"我……关心妳，如果妳觉得这是一种负担，那么我尽量不打扰妳好了。"

这是哪门子的"以退为进"？夏小希听了不禁来气。

"你想关心就关心，不想关心就别关心，我......无所谓。"她答。

"那么......我还可以继续关心妳吗？"

夏小希沉默了一会儿，最后还是点头，毕竟柳易关心她的日子已经远远超过不关心她的日子，夏小希不确定少了这份关心，她是否能适应过来？

然而"允许"柳易关心所带来的困扰也是显而易见的，好比现在他就提议——从今以后由他护送打工完毕的夏小希回家，因为越夜越不安全。

"不，我自己会照顾自己。"她果断拒绝。

"可是......"

"如果你的关心是把我系在你的裤腰带上，那我宁愿不要。"

最后达成的协议是夏小希尽可能地回复柳易的留言，哪怕只是个表情包。

"既然已经达成协议，我们庆祝一下吧！"柳易开心地说。

"你没病吧？！"夏小希睁大眼睛，"这有什么好庆祝的？"

"其实我想说的是——今天是我的生日，我特地跑过来，就是想与妳共度这个特殊的日子。"

夏小希恍然大悟，接着感到愧疚，她的每年生日，柳易都记得，可是她却总记不住他的生日。

"对不起，我忘了。"夏小希说。

"没事，忘了才正常，如果记住了，那才有鬼！"

"讨厌！你怎能这么说话？"

"好啦！现在换我道声对不起，咱们可以吃饭了吗？我饿扁了。"

夏小希点了点头。

本来，柳易想找个好点儿的餐厅，但夏小希表示自己下午还有课，还是上学校食堂吃方便。

这正中柳易下怀，他巴不得让所有人都知道他与夏小希的关系不一般，而夏小希其实也有自己的小算盘，因为某个学长正对她展开热烈追求，她想借此让他死心……

所有的大学食堂大概都有"选择性多、价格便宜"的特点，夏小希的学校当然也不例外。此刻，她就站在琳琅满目且标价低廉的摊位前，踌躇了一会儿后，还是决定上二楼，因为学长是西北人，她猜想他应该会喜欢楼上的面食。果不其然，她在刀削面的摊位前见到那个有点儿熟又不太熟的背影。

"柳易，今天是你的生日，所以我请你吃长寿面。"夏小希说。

柳易以为长寿面是面线或龙须面，怎知夏小希却带他来到刀削面的档口，而且貌似有个男学生正对他俩投来不甚友好的目光。

"易，"夏小希挽住柳易的手臂，"你想吃什么？"

"我……"柳易有些受宠若惊，"随便，妳吃什么，我就吃什么。"

于是夏小希叫了两碗油泼面，一大一小，大的给柳易。

当快吃完时，柳易忽然问："我背后的那个人走了吗？"

"哪个人？"

"让妳想除之而后快的人。"

夏小希听完不禁莞尔，感叹柳易可真是她肚里的蛔虫。

"我以为知音比蛔虫好听多了，"柳易对她俏皮一眨眼，"妳不这么认为？"

啊！世上怎会有如此懂她且不失幽默的人？可惜他是柳老板的儿子。

"我妈搬来和我一起住了。"夏小希宣布，除了转移话题外，同时也表明自己终于兑现"搬出柳宅"的承诺。

"我知道，我爸告诉我了。"柳易用筷子在碗里挑啊挑，但一点儿也没有进食的欲望，"他俩就此分手也好，我们也可以从头开始。"

从头开始是什么意思？夏小希好不容易才从泥沼里抽身，她可不愿又与柳家纠缠不清。

"听不懂你在说什么。"她拿出手机看一下时间，"抱歉！我得上课去了，你的生日礼物我一定补给你。"

柳易知道夏小希的手头不宽裕，遂指着眼前的碗，说："妳已经请我吃面了，就当作是生日礼物吧！"

"那哪成？"夏小希起身，"说了会补给你，就一定补给你。"

十几天后，柳易收到一个包裹，里面是一本书，与自己书架上的书一模一样。

"啊！世上怎会有如此懂我且深得我心的人？"柳易心想，"可惜她是夏阿姨的女儿。"

第三十章/龃龉

这天回到家，夏小希的母亲把她拉到厨房，问："送财的父亲是谁？"

"送财"指的是庞娟生的孩子，因为长得白白胖胖的，很像送财童子，夏母遂把"送财"的小名奉上。

"别再喊'送财'了，他有个洋名叫George。"夏小希说。

"中国孩子取什么洋名？"她母亲睨了她一眼，"送财多喜气，寓意也好。"

夏小希懒得反驳，正想回房时，被她母亲拉住，因为答案（送财的父亲是谁？）还没揭晓。

据庞娟交代，孩子的父亲是一家上市公司的老板，已婚，年纪大到足以当庞娟的爷爷，这也是她当初没有坚持用套的原因，哪晓得一次就中。

"送……"夏小希及时踩刹车，"George的父亲是谁有那么重要吗？"

"当然，"她母亲答，"今天一个老头子上门来看孩子，我怕是孩子的爷爷来抢孩子了。"

夏小希原本还纳闷怎么佟姐不采取行动？看来已经进入博弈阶段。

"看就看呗！庞娟同意就行。"她答。

"怪就怪在这里，庞娟还提到钱，妳说她会不会为了钱，舍弃自己的孩子？"

夏小希对这样的猜测（尤其还不幸蒙对了）感到心烦，她让自己的母亲别瞎操心别人的家务事，还是多关心一下自己的女儿吧！

结果下一秒钟，夏母便询问她有没有男朋友？有的话，带回来见见。

听到母亲开始表达"关心"，夏小希感觉这是搬石头砸自己的脚，赶紧逃之夭夭。

次日，夏小希趁上学前溜进庞娟房里，问："昨天孩子的父亲是不是来看孩子了？"

"妳的消息可真快！"庞娟边答边望着怀里拼命吸吮乳汁的婴儿，"是的，他来看孩子了，还说亲子鉴定若证实是他的，他会抱回去养。"

原本的计划是讹上钱，便将孩子送养，如今少了一个步骤。

"这倒好，佟姐不用费心找收养家庭，妳的孩子也能跟着自己的父亲过上好日子，算是皆大欢喜。"夏小希答。

见庞娟不吱声，夏小希遂问她是不是改主意了？

"那倒没有，我只是担心孩子将来会不会受虐，毕竟那个家庭也不是无孩，两个哥哥还已成婚，很快会替家族开枝散叶。"

原来这件事的背景没那么简单，庞娟的担忧不无道理。

"不管怎样，孩子跟着父亲总要好过跟陌生人，别人或许会虐待他，自己的父亲总不会吧？！"夏小希说。

"我也只能这么安慰自己，毕竟只生不养，我也没立场说什么。"

气氛顿时变得有些压抑，夏小希遂转问佟姐的谈判结果如何？

"如果亲子鉴定证实孩子真的是叶老板的，佟姐希望最后能谈到一千万元，我得一半。"

"人民币？"

"当然是人民币，妳以为是美金啊？"

夏小希没觉得是美金，她以为会是什么不值钱的货币，毕竟一千万元人民币是大部分人一辈子都无法企及的高度。

"恭喜了。"夏小希说。

"妳如果非诚心，那就别说了。"

"什么意思？"

"谁说恭喜时会表情凝重？"

这还真不能怪夏小希，虽然她高兴庞娟能拿上一笔巨款远赴美国，但毕竟是"卖孩子所得"，怎么也光彩不起来。

"妳说的对，我应该祝妳多行不义必自毙。妳就拿着妳的卖儿钱到美国逍遥去，上天总有办法治妳！"

说完气话，夏小希扭头就走。

第三十一章/两个骄傲的人

与庞娟撕破脸后，夏小希并没有马上修复的念头，而是打算缓几天再说，因为她的心思正被别的事给牵绊着，起因是几日前她载到一名醉得不醒人事的洋人，正要踩油门离去时，被泊车员小许紧急拦下。

"等等，"他敲打车窗，"妳顺便载另一名客人回家，这两人住同一小区。"

夏小希不置一语（事实上，她也无权拒绝），于是上来了一位西装革履的男士，从后视镜看去，年纪约35岁左右，身上自带一股贵气。

"本来我想自己叫车，泊车员说正好有顺风车可坐。"那人解释，带着奇怪的口音，"放心，我会付你车资。"

"不用了。"

夏小希一答完就后悔，因为声音暴露了她的性别。

车子行驶一段路后，夏小希还是没忍住，问："你是不是以为我是男的？"

"不瞒妳说，是的。"

"我这么变装是为了保护自己，毕竟夜深了，客人又多半呈醉酒状态。"

"能理解，妳专心开车就是。"

这么猝不及防的一盆冷水泼下来，反倒唤醒夏小希的征服欲。

抵达目的地之后，夏小希怎么也没料到会受小区保安刁难。正争论时，后座乘客摇下车窗向保安表明自己的身份——B座1824房，杨泽岩。

"你说住这儿就住这儿吗？"保安无礼地怼回去。"每个人都这么蒙骗过关，小区还有什么安全性可言。"

"我说的不算，这车卡总认得吧？！"

杨泽岩一答完，把手里的车卡交给夏小希，她一刷，道闸立即升起，车子丝滑开进地下停车场。

"谢谢！"夏小希将车卡归还，"我先载你回去，是B座没错吧？！"

"是B座，但妳先送这位老外吧！我可以等。"

根据小许递过来的纸条信息，这名老外住在A座1517房，家里有佣人（意思是夏小希只需拨打佣人的手机号，自然有人效劳，可是她却选择不拨打）。

"那好，我先送老外。"夏小希答。

车子来到A座电梯口，夏小希下车去扶老外。

"妳该不会想送人送到家吧？！"杨泽岩问。

"这是我的工作……如果客人家里没人的话。"

听夏小希这么一答，杨泽岩把"让他的家人下楼接人"的话吞下肚里去。

夏小希的小算盘是只要这名骄傲男人愿意伸出援手，代表自己还有征服对方的可能，可是直到走到电梯口，那人还是纹风不动，看来此人不仅桀骜不驯，还不具备任何同情心，失去了也不足惜……

"我还是帮妳一把吧！"杨泽岩下车，"不然照这个速度，我得等妳等到天亮。"

后来，三人跌跌撞撞地来到1517房外。

"妳知道密码吗？"杨泽岩问。

"不知道。"

"那……"

杨泽岩话还没答完，夏小希就敲了门。

"啊？"开门的中年妇女颇为诧异，"我还以为自己要下楼接人，真是太感谢了！"

送走老外，电梯里一片死寂，还是夏小希先开口。

"我现在就送你回B座。"她说。

"不用了，我可以自己走回去。噢！对了，"杨泽岩掏出手机，"我转车资给妳。"

"不用了。"

"真不用？"

"真不用。"

"那好。"

当电梯门一开，杨泽岩头也不回地走了，连再见也没说，这让自视甚高的夏小希颇感不是滋味，因为向来都是她拒绝人，鲜少有人给她软钉子碰。

“等着瞧！我一定会让你臣服于我。”夏小希的内心呐喊着。

“等着瞧！我一定会让你臣服于我。”夏小希的内心呐喊着。

第三十二章/第一次面对面

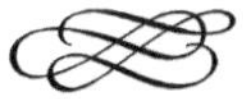

初二时，班上一位男同学死活不肯与夏小希同桌，原因不详，夏小希没有征服他的欲望。

高三时，一位跌伤腿的年轻小伙子拒绝夏小希的帮忙，理由是自己可以走路上医院，夏小希同样没有征服他的欲望。

那么问题来了，为什么大二时，一个年纪比她大上十多岁的男人会让她产生征服欲？而且打从相遇以来，脑海里尽是他的身影，甩也甩不掉。

"夏小希呀夏小希，妳是中了什么邪？还不快点儿清醒过来！"她向自己喊话。

然而越让自己理智就越失控，上课时想他，下课时想他，看书时想他，走路时想他，吃饭时想他，睡前时想他……甚至夜里梦的也是他，大概只有上班时不想，因为此时她的目光会专注在进出会所的客人身上，默默祈祷那个男人还会再度出现，然而几天过去了，依旧杳无踪影。

这一天，泊车员小许吹来短声口哨（代表客人已经醉到分不清东西南北），Alice和Lily同时望向夏小希。

夏小希轻叹一声，迎了上去，结果发现乘客正是几日前见过的洋人。

"他可真是无酒不欢啊！"夏小希说。

"楼上的，妳懂的。"小许答。

这个回答提醒夏小希得先搞清楚一件事。

"上次与这位洋人同车的男人是否也是楼上客人？"她问。

"不是，他是餐厅客人，后来女伴气冲冲地开车走了，他只能自己想办法回去。"

"女伴？"

"当然，这么好看的男人不可能单着，我猜那女的不是老婆就是女友，漂亮得很！"

夏小希一听，脑袋一轰，这还能怎么着？然而送老外回家的路上，她却自行组合了不下十几种可能性，全跟这个男人有关，譬如他的女伴不一定是老婆或女友，也有可能是亲戚或朋友；退一万步说，即使是老婆或女友，也不代表天长地久，毕竟在这个快餐式感情肆意的年代，离婚率和分手率都很高，不是吗？

丝滑开进地下停车场A座后，她拨通佣人的手机号，那名数日前曾见过的粗壮妇女很快下楼来，夏小希还帮着将老外送回家。

任务完成后，夏小希本来应该骑着她的折叠车回到会所，可是她却选择来到B座，并且按下电梯18楼的按钮。

当电梯门打开，她直奔1824房。

"1824……1824……1824……啊！"她停下脚步，"找到了。"

望着那扇茶黑色的房门，夏小希忽然心生胆怯，而更加令她惊恐的是——门忽然打开了。

"妳怎么现在才来？"一个美得相当跋扈的女人不耐烦地说，"马哈正等着妳遛呢！"

夏小希刚想否认，女人已进屋去，再出来时，手里牵着一只哈士奇。

"遛完记得帮狗擦脚再让它进屋，别忘了。"女人说。

想到可以一窥那男人的家，夏小希把澄清身份的事摆在一旁。

好不容易遛完狗，正等电梯时，一名晚归住户问她是不是刚搬来？

"不，我不住这里，我帮1824遛狗。"她答。

"啊？妳是女的？"

夏小希这才想起自己还戴着口罩，遂取下。

"哈！真的是女的，我还以为是男的，这下子终于放心了。"

"放心什么？"

"那么晚了，我可不敢与陌生男人同乘一部电梯。"

原来是这个原因，夏小希释然了。

到了18层，电梯门一开，夏小希还没来得及抓牢绳子，叫马哈的狗便已飞奔出去，虽然努力追赶，依然迟了一步——那只飞狗已经撞开虚掩的1824房门。

夏小希暗呼不妙，正准备逃跑时，从屋内走出来一个人。

"请问……"杨泽岩与走廊上唯一的嫌疑人面面相觑了几秒钟，"是妳遛的狗吗？"

夏小希连吞好几口口水后，答："不，不是，遛狗的人已经乘电梯下楼去了。"

"真不负责任！"他喃喃道，"不好意思，误会妳了。"

"没事。"

此刻，杨泽岩像想起了什么，一语不发地凝视着她。

"怎……怎么了？"她胆战心惊地问。

"妳好像……"

"好像什么？"

夏小希以为是自己的声音泄了密，毕竟之前一直戴着口罩。

"没什么，当我没问。"杨泽岩忽然傻笑起来，但很快克制住，"对了，妳是新搬来的邻居吗？"

"……嗯！"

"那么后会有期了，晚安！"

"……晚安！"

当1824的房门关上后，夏小希若有所失，她多希望自己"真的"住在这栋楼里，那么她就能光明正大地与这个男人问早道好。

经这么一折腾，夏小希回到会所时，明显比平常晚了许久，她的解释是——折叠车坏了，好不容易才找到修车师傅。

"这么晚还找得到修车师傅，妳可真幸运。"Alice冷哼一声，"小心啊！佟姐最恨小姐接私活。"

"我不是小姐，我是代驾。"

"我和Alice原本也只是代驾，"Lily接棒，"但做着做着就成了兼职小姐，毕竟那样少的薪水可应付不了大城市的高消费。"

说的虽是实情，但夏小希懒得回应，默默拿出课本温习，因为再过两个礼拜就是期中考了，她得开始准备。

第三十三章 / 邂逅

八年前，杨泽岩被新加坡总公司派往上海工作，每天的行程排得满满的，但他还是腾出时间谈了两段恋爱，可惜皆无疾而终，表面原因是个性不合，实际原因还是个性不合，因为他太过强势且过度要求完美，所以相处一段时间后，不仅女方受不了，他也渐渐察觉对方远远够不上他的标准，一拍两散成了无可避免的结局。

想起在新加坡时交往过的"诸多"女友，最终也都化为昨日云烟，杨泽岩不免感叹也许世上永远也找不到他的Miss Right。此时，一位完美女神降临了，还是以一种猝不及防的方式……

"哥，走了啦！"杨泽颜说。

"妳走先，我想再多待一会儿。"

杨泽颜往哥哥的视线望过去，不禁噗嗤一笑，说："虽然长得不坏，可惜是个雕像，你不会想把她娶回家吧？！"

在这座名不见经传的欧洲小博物馆内，杨泽岩起初并不期待有奇迹，直到见到美女石雕，这才意识到原来美的标准并不会因为时空差异而有所不同（显然，这位石雕女人已达到他对美的追求，至少外形上符合了）。

针对妹妹开的玩笑话，杨泽岩忽然心生"有何不可？"的想法。

"艺术源于生活，"他答，"我相信生活中一定有这样的女人，那么娶回家也不是不可能。"

"原来你喜欢洋女啊！怎么你交往过的女孩子皆是亚洲人长相？还有，就算把人娶回家，大概不出几天就会因为受不了你的臭脾气而离家出走。"

杨泽岩本来并没有往"洋女"的方向想去，经妹妹这么一提醒，他忽然有种"醍醐灌顶"的感悟。

"如果真让我遇到这样的……洋女，我肯定会做出改变。"他答。

甭管杨泽岩说的是不是真心话，但他开始把交往对象放在浓眉、大眼、白皮肤的洋妞身上却是铁一般的事实，可惜婚恋市场上，洋妞并不太把保守内敛的华男放在眼里，这让一向心高气傲的杨泽岩大受打击。

一年后的某个夜里，杨泽岩喝完红酒，正打算入睡时，物业管家打来电话，说："有个叫杨泽颜的女人要找哥哥杨泽岩。"

很多人对他们兄妹俩为什么要取相同发音的名字感到困惑，这也包括当事人——杨泽岩与杨泽颜。

"阿爸，你为什么给我和小妹取同样发音的名字？"七岁的杨泽岩曾问父亲。

"不关我事，名字是你们的爷爷取的。"

杨泽岩的爷爷来自福建，虽然已经移居新加坡数十年，依旧只会说闽南话。

"阿公，利为虾米给哇和小妹取同款的名？"杨泽岩跑去找爷爷要答案。

"呒同款，一个念yiam，一个念gran。"他的爷爷答。

是这样的，岩的闽南语发音是yiam（三声），是"烟"和"然"的组合音；而颜的闽南语发音是gran（二声），是"甘"和"然"的组合音，两者的确有差异。

"压毋过这两个名的北京话是同款的。"杨泽岩说。

"谁让利供北京话？Hok-Kien人就该供Hok-Kien话。"

杨泽岩的爷爷平常不是待在家里，就是上杨氏祠堂帮忙，两点一线，讲福建（Hok-Kien）话当然无可厚非，但杨泽岩与杨泽颜不一样，他俩上的华文学校教的是普通话，这给兄妹俩带来不小的麻烦，譬如妹妹杨泽颜老不按牌理出牌，每当被老师在朝会上点名批评时，作为模范生的杨泽岩总想挖个地洞钻进去，因为批评杨泽颜听着就像批评杨泽岩，尤其两人还是兄妹关系；反观杨泽颜，她也未必好受，因为自己的哥哥太过出色，每当被老师在朝会上点名表扬时，作为问题学生的杨泽颜总想挖个地洞钻进去，因为表扬杨泽岩听着就像表扬杨泽颜，这未免也太讽刺了吧？！

如今一年未见的杨泽颜忽然招呼不打一声就上门来，杨泽岩有了不祥的预感。

"她是我妹妹，让她进来吧！"杨泽岩对着对讲机说。

不到一刻钟，杨泽颜就带着好几件行李（外加一条哈士奇）上门来。

"别告诉我——妳从此赖在我家不走了。"杨泽岩说。

"一辈子不好说，三、五个月是可能的，谁让阿爸把我赶出家门了。"杨泽颜答。

如果一个家注定要有个逆子，杨泽颜当之无愧，从小到大就没让家里省心过。

"妳这次是杀人还是放火了？"杨泽岩接着问。

"什么坏事也没干，只是交了个印度朋友而已。"

杨泽岩的公司多的是印度裔高管，个个都很杰出，他心想妹妹交的男友恐怕不在优秀之列（甚至谈得上差劲），才会被赶出家门。

"妳和印度朋友注册结婚了没？"他冷冷地问。

"没，他家里人不同意。"

"既然这样，阿爸为什么赶妳出去？"

"因为……因为我把家里的货款给了Kumar。"

杨泽岩就知道会是这个结果！

"听着，我只能收留妳3个月，时间一到，妳要嘛回新加坡，要嘛自己在上海找个租处搬出去，还有，绝对、绝对不能让Kumar上我这里来，否则妳得马上卷铺盖走人！"

"知啦！"杨泽颜翻了个白眼，"真啰嗦。"

就这样，作为不速之客的杨泽颜名正言顺地留了下来。本来两兄妹一直相安无事，直到杨泽岩获知妹妹又交上一名男友，还是个老黑，这才掀起狂风巨浪。

"妳可真会挑日子，"杨泽岩放下筷子，"特意选我过生日的时候讲，妳是怕我的心情太好吗？"

"你不要乱乱讲，我没那个意思，何况是我交朋友，又不是你交朋友，我不过是知会一下先，省得你抱怨。"

"抱怨什么？"

"抱怨我把你的哈雷借给了Sam。"

杨泽岩有一辆95年哈雷机车，平常宝贝得很，说是当成收藏品收藏，一点儿也不为过，没想到却被自己的妹妹给出借了。

"妳打电话让他立刻、马上把机车还回来，否则我报警了。"杨泽岩气愤说道。

"Sam在武汉，怎么也得等到明天或后天才有可能归还。"

自从妹妹搬进来之后，家里就没干净过，如今加上这件窝心事，算是踩到杨泽岩的底线，他顾不上说话环境（此时，两人正坐在高级餐厅内用餐），果断赶人。

"走就走！"杨泽颜猛然站起，"你以为没了你，我就活不成了吗？"

杨泽颜走后，杨泽岩继续吃着精致的上海菜，连饭后甜点也没放过，因为今天是他的生日，怎么也不能坏了兴致。结果一结完账，他就发现妹妹把车开走了，还好关键时刻，泊车员为他拦下一辆顺风车。

"你是不是以为我是男的？"车上驾驶员问。

"不瞒妳说，是的。"

"我这么变装是为了保护自己，毕竟夜深了，客人又多半呈醉酒状态。"

"能理解，妳专心开车就是。"

谁能想到说话轻声细语的女人同样不老实，竟然捉弄他将醉酒老外送回家，害他回家后洗了近一个小时的澡，才算把老外身上的狐臭和酒味给去除干净。

当他从浴室走出来时，不知从哪里冒出来的杨泽颜捧着一个甜甜圈（上面还插着一根蜡烛），边唱《生日快乐歌》边向他走来。

"妳这唱的是哪一出？"他问。

"生日快乐歌呀！"她放下甜甜圈，同时跳上杨泽岩的后背，"亲爱的哥哥，祝你年年有今日，越活越年轻！"

从小到大，自己的妹妹就是这副无赖相，他早见怪不怪。

"我的那辆哈雷若有任何闪失，惟妳是问。"他说。

"当然，如果哈雷有事，我切腹自杀，这总可以吧？！"她答。

后来哈雷果然伤痕累累地出现，杨泽颜怕被五马分尸，躲了两天，再出现时，仿佛什么事都没发生过，害杨泽岩连骂人都不知从何骂起。

一连发生这么多烦心事，杨泽岩以为这个月不可能再有奇迹，哪晓得几日过后就让他邂逅一位形似"完美女神"的女孩。

"妳好像……"

"好像什么？"

杨泽岩忽然觉得可笑，眼前的女孩虽有同样的欧式美颜，但毕竟是真人，他怎么傻到把真人与石雕像给混淆了？

"没什么，当我没问……对了，妳是新搬来的邻居吗？"

得到肯定的答复后，他假装镇定地说："那么后会有期了，晚安！"

当房门关上后，杨泽岩若有所失，他多么希望自己能主动点儿，可惜错过了，还好新邻居就住同一楼层，早晚还会再见面。

然而两个礼拜过去了，依然不见伊人身影（即使他刻意在走廊上徘徊，仍然无济于事），这才不得不求助管家，结果管家笃定地告诉他——最近一个月，B座18层没有新搬来的住户。

"那么整个小区呢？"他接着问。

"这个我得查一查。"

经一查，新搬来的住户老的老，小的小，皆不符合杨泽岩的描述。

"既然这样，你调一下VCR不就清楚了？"杨泽岩不屈不挠地建议。

管家反问他是否有什么迫切的理由？

"不迫切，只是单纯想与新邻居聊聊。"他答。

"那么抱歉了，没有正当理由，我们物业是不能公开住户信息，尤其是影像部分。"

就这样，杨泽岩怀着惆怅离去，并且郁郁寡欢了好一阵子。

第三十四章／卖身契

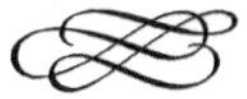

在杨泽岩努力寻找白月光的这段日子里，夏小希过得并不好，连带期中考试也受影响，这代表期末考试得考出个好成绩，否则就等着被挂科。

"事情已经过去那么多天了，"佟姐说，"妳和妳母亲想好了没？"

"想好了，我们……我们等法律的判决，该受罚就受罚。"夏小希假装无畏地答。

"妳谈的是法定责任，我和庞娟的损失该怎么算？"佟姐问。

"也许这么说很扎心，但我与母亲就贱命两条，妳想要就拿去好了！"

说起这起不幸事件，夏母到现在还一脸懵逼，她不知道送财为什么会忽然停止呼吸？唯一的可能猜测是——趴睡带来了窒息风险。

得知宝宝没了之后，庞娟像个木头人似的。

"庞娟，"夏小希轻拍她两下，"妳还好吧？！"

庞娟眼神呆滞地回望过去，问："妳说的是谁家宝宝？不会是我的George吧？！今天早上我还喂他吃奶呢！"

宝宝出问题时，庞娟正在睡觉，一觉醒来却被告知孩子没了，任谁都无法接受，但事实就是事实，怎么也得让亲生母亲知晓。

"啊！"夏母忽然情绪激动，"我也不清楚为什么会这样，但我肯定是有责任的，妳若要怪，就怪我吧！"

当场，庞娟并未发火，反而安慰起明显更加伤心的夏母，可是次日态度却来个180度大转变。

"George一死，我的所有计划都泡汤了，美国当然也去不了，妳和妳母亲得赔偿我的损失。"她说。

"赔偿肯定是会的，"夏小希答，"但也得看我们母女俩的经济状况。"

"妳知道我原本可以有五百万元的进账。"

"别说五百万了，就算五十万也够呛。"

见差距太大，庞娟喊来佟姐，显然，后者不是吃素的，三言两语便让夏家母女吓得直打哆嗦。

"让我和母亲先处理宝宝的后事，其他的过几天再说。"夏小希答（此刻的她也只能采取拖字诀）。

然而再怎么拖，终有面对的时候，夏小希想了想，既然没钱是事实，那就只能耍无赖了。

"妳和母亲想耍无赖是吗？"佟姐问。

"不是这个意思，我……我只是陈述事实。"

"早料到妳和妳母亲会使上这一招。"佟姐把准备好的纸扔桌上，"签了吧！"

夏小希拿起一看，脸色大变。

"怎么了？小希。"夏母抢过纸，快速阅读，"这……这是逼良为娼啊！"

"妳女儿也可不签，给钱就行。"佟姐说。

这无疑扔下一枚重磅炸弹，炸得母女俩面目全非。

待佟姐走后，夏小希与母亲如丧考妣。

"怎么办？都是我不好，如果我能多探一探送财，就不会有后面什么事了。"

"妳就别再自责了，事情已经发生，还是想想该如何解决。"

两人沉默一会儿后，夏母忽然灵机一动——这是法治社会，何不报警？

"没用的，"夏小希绝望地答，"明枪易躲，暗箭难防，妳就不怕这帮人来阴的？"

夏母顿时泄了气，但这不表示她打算坐以待毙，因为再现身时，她已经整理好行李。

"妈，妳这是上哪儿去？"夏小希惊讶问道。

"回去求柳老板帮忙。"夏母不忘对女儿耳提面命，"记住了，我回来之前，妳什么字都不许签！"

夏小希最恨母亲又与柳老板纠缠不清，但眼下也没别的法子，毕竟两百万元（还是经砍价后的赔偿）不是个小数目。

等大门一关上，夏小希的眼泪不争气地流了下来。

"哭什么？"她喃喃自语，"钱的事都是小事，总有办法解决。"

语罢，她又哭得梨花带雨。

第三十五章 / 难题

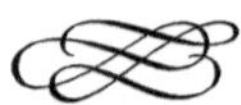

在等待的日子里，夏小希仍忙得像个转不停的陀螺，但那是下意识动作，她能感觉到自己的脑袋空了，心也跟着飘浮不定，尤其当面对那个气氛怪异的家时，分分钟都是凌迟，因为庞娟不再与她说话，而是以幽怨且空洞的眼神望着她……

这一天，夏小希一进家门，庞娟便说："回来了。"

夏小希望向身后，空无一人。

"妳这是对我说话？"她问。

"当然，屋里就妳和我两人。"

夏小希愣了一下后，回复："嗯！待会儿我还得出去。"

"我也是，瑜伽班六点上课。"

自从孩子没了，夏家母女又给不了赔偿，庞娟已经阴阳怪气好一阵子了，如今却主动套近乎，夏小希心想事出反常必有妖，遂故意问："妳有钱上瑜伽班？"

"妳就是这样，"庞娟睨了她一眼，"得了便宜还卖乖！"

"什么意思？"夏小希猛然一惊，"莫非……莫非妳拿到钱了？"

"别再装了，再装就不像了。"

听庞娟的意思，应该是拿到钱无误，夏小希立即冲回房间打电话。

"是的，"她母亲承认，"柳老板将一笔银行定存解约，又卖了一些股票，才把钱凑齐。"

夏小希心想天下没白吃的午餐，自己的母亲肯定受委屈了，然而她母亲却极力否认，还要她别胡思乱想。

"我不相信，妳肯定牺牲了什么。"夏小希仍纠着话题不放。

"若要说牺牲，那也是妳，不是我。当然，从另一个角度看，这是皆大欢喜的事，算不上牺牲。"

听母亲这么一澄清，夏小希的心喀噔了一下，这事怎会扯上自己？

"妈，妳就行行好，快把真相告诉我，省得我猜。"她催促着。

她母亲起初还扭扭捏捏，见拗不过，最后才全盘托出。

夏小希听完，呆若木鸡。

"小希，妳还好吧？！"她母亲在电话那头问。

"被自己的亲生母亲给贩卖了，妳让我怎么好得起来？"夏小希对着手机怒吼。

"这……这怎能算贩卖？充其量是提前收了彩礼钱，那也好过被逼良为娼，不是吗？"

在夏母看来，夏小希与柳易算得上青梅竹马，虽然两人的感情时而亲密时而疏远，但绝没达到水火不容的地步，何况柳易这孩子一向情绪稳定，配上脾气欠佳的女儿正好……

然而在夏小希看来，却是完全不同的光景，虽然柳易一向待她极好，但她把他摆在哥哥的位置上（有段时间，她也曾迷茫过，不清楚柳易对她来说算什么，最终才落实"兄妹之情"），哥哥又怎能与妹妹结婚？简直离了大谱！

"我坚决不同意，妳马上把钱还回去！"夏小希对母亲说。

"晚了，柳老板已经汇款过去，妳知道的，让人再把钱吐出来，难如登天。"

不用母亲提醒，夏小希也知道让佟姐还钱好比铁树开花，倒不如去买彩票，中头彩的机率还高些。

"那件事是柳老板提议的，还是柳易说的？"夏小希怀着希望问。

"当然是柳老板，他说自己儿子的那点儿小心思，他懂的。"

知道这是柳老板一厢情愿的想法后，夏小希大松一口气，因为这代表事情还有转圜的余地。

听女儿这么一说，夏母哭了出来。

"妳怎么哭了？"她问母亲。

"我怎能不哭？妳一求柳易，他肯定答应，这岂不是陷我们母女俩于不仁不义之中？"她母亲答。

"妳放心，两百万元我会归还的。"

"别做梦了！"她母亲立即泼来一盆冷水，"就算一年还上五万，也要还40年，还没算上利息。妳扪心自问，一年能存上五万元吗？妳也别指望我，柳老板说了，现在雇的家务员做得好好的，没理由赶人，妳也知道高薪的家务活难找，我又不具备竞争力。"

夏小希一时语塞，母亲说的是事实，这如何是好？

"今天够了，别再说了，让我静一静。"她心如死灰地答。

挂上电话后，排山倒海而来的压力立即将夏小希压得喘不过气来，她像一只苟延残喘的蝼蚁，趴在地上痛若哀号，有谁能帮到她？这是一道难题啊！

第三十六章 / 措手不及的柳易

知道两位大人私下把婚约给定了，夏小希简直生无可恋，甚至有一死百了的念头，所以当柳易问她在干嘛时，她反问什么样的死法最快速有效且痛苦最少？

"小希，妳可别做傻事啊！等我，我现在就打车过去。"柳易说。

没等夏小希阻止，电话已被挂断。

"也好，该来的总归要面对。"夏小希心想。

不到30分钟，柳易便已出现在她面前。

"妳有多少时间？"他问，"我的意思是妳总是忙个不停，我得知道还剩多少谈话时间。"

"很多。"她答，"我今晚不想打工，也不想谈不愉快的事，就让我们玩个痛快吧！"

过去，夏小希总把时间和精力花在挣钱上，舍不得吃喝，更不懂得玩乐；如今，金钱对她来说已没那么重要（如果真嫁到柳家，还需关心身外之物吗？），这才意识到以前的她对自己有多苛刻，若再不趁机玩乐，一旦走进婚姻的牢笼里，还有什么自由可言？

"行，妳打算怎么玩？我陪妳！"

柳易以为自己答得无懈可击，但听在夏小希耳里却是一昧地讨好。

"你就不能有点儿主见吗？我若知道怎么玩，找你干啥？"

夏小希一抱怨完就缄默不语，以她的性格，绝不会虚晃一下就收手，可见是后悔了。

彼此沉默一会儿后，还是柳易主动缓和紧张的局面。

"怎么了？"他柔声地说，"像吃了炸药似的。"

"没什么，"夏小希低下头去，"对不起，我说话太冲了。"

"妳说话冲又不是一天、两天的事，除了我，还有谁受得了？"

寻常的一段话却让夏小希感慨万千，是啊！能忍受她的坏脾气且不离不弃的，这世上除了柳易，再也不会有第二人。

这么一想，夏小希决定不再闹情绪，而是把握时间与柳易以朋友的身份疯狂一晚，因为过了今晚，彼此以朋友相称的日子应该不多了。

后来，他们吃了一顿丰盛晚餐，又看了一场电影，再到居酒屋饮了几杯小酒，然后踏着月色而归。

"这就是我和朋友住的小区，"夏小希说，"不邀你上去了，因为朋友在家，不方便。"

"我知道，我看着妳进去。"柳易答。

"你傻啊！"她笑了，"这时候应该说'让我和妳的朋友打声招呼'，不就顺理成章进屋去了吗？"

"妳希望我进屋吗？妳知道我永远也不会勉强妳做任何事。"

听此言，夏小希哭得稀里哗啦。

"怎么了？"柳易拭去她的泪水，"今晚的妳怪怪的喔！是不是遇到什么麻烦了？"

夏小希遇到的麻烦就是不想与柳易携手步入婚姻殿堂，却偏偏找不到正当理由，尤其此人还接近完美，衬得自己很是自惭形秽。

"我是遇到了大麻烦。"她答。

"什么麻烦？"

这让夏小希怎么答？她只能暗示柳易去问他的父亲。

"妳的麻烦跟我爸有关？看来我得好好问问。"他说。

令夏小希万万没想到的是柳易一转身就去跟自己的父亲索要答案，这可以从"夏小希一进屋，就收到柳易的来电"中看出。

"今晚够了，"她关上手机，"就让柳易好好消化一下吧！"

第三十七章/轻虑浅谋

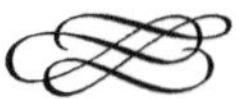

夏小希的代驾工作是从夜里十点到次日凌晨五点结束，逢周二休息，月工资八千，除非少了胳膊断了腿，否则都得准时上工。倘若无故缺席，哪怕一次，当月工资清零。

昨天，夏小希第一次无故缺席，这代表这个月将无半点儿工资进账，但她不在乎，并且打算重施故伎至月底（反正这个月已经白干，她索性将旷工进行到底）。

"咦！妳怎么还在家？不是该上工了吗？"庞娟一见到夏小希就问。

"犯懒，不想去。"她答。

"那可不行，听说妳昨天没去，今天若再不去，妳就丢工作了。"

"谁说的？"

"佟姐。"

夏小希一听，惊得语无伦次。

"佟……佟姐什么时候跟妳说的？"

"刚刚，所以我才走出房间察看。"

最近发生太多事，导致夏小希有了倦怠感，但真要丢工作，那可是大事，她还没想好如何应付无米之炊。

"我现在马上到会所去，妳可别跟佟姐说有的没的。"她叮嘱。

"知道啦！我对朋友向来讲义气。"庞娟答。

抵达会所时，夏小希已足足迟到两个多小时，Alice和Lily皆不在（想必正在执行代驾工作），可是一位本不该出现的人却出现了。

"你怎么在这里？"夏小希问。

"我爸说妳在这里，所以我过来看看。"柳易答。

柳老板当然知道夏小希在会所做代驾工作，两人还差点儿因此擦枪走火，而柳易则心疼夏小希，因为此时的她乔装成男孩子的样子，可见内心对这份工作有多么畏惧与不安。

"这是我的工作，"夏小希弱弱地澄清，"替醉酒的客人开车。"

"我知道，辛苦妳了！从今以后，就让我们柳家来照顾妳吧！"

听这口气，柳易应该已经清楚双方家长的口头约定，夏小希问他是怎么想的？

起初，柳易当然反对，因为他知道夏小希是匹野马，想驾驭她，来硬的绝对行不通，可是他的内心深处偏偏又"乐观其成"，所以很是矛盾。

"我听妳的，如果妳有更好的选择，我会祝福妳。"

听到这个回答，夏小希忽然想起那个高傲男人，可是很快便被自己给否绝掉。

"没有更好的选择，诚如你所说，除了你，没有人受得了我。"

柳易听完，心卟通卟通地跳，这是不是意味着夏小希已经接受婚姻的安排？

"妳……什么意思？"他问。

此时的夏小希，脑海里尽是柳易待她好的过往记忆，加上两百万元的债务，事情已经变得异常简单。

"我……听从大人的安排。"她答。

"不，我不要妳听从大人的安排，我想听听妳最真实的想法。"

啊！这就是柳易，实诚地令人怜惜。

"如果你不嫌弃，我们一起携手度过余生吧！"

听夏小希这么一答，各种情绪涌上心头，柳易一时没把持住，红了眼眶。

"真是的！"夏小希垂打他一下，"都这么大的人了，还哭，不害臊吗？"

"噢！小希。"柳易紧紧抱住她，"妳不知道我有多高兴，这大概是打从我出生以来最高兴的事，比任何事都高兴！"

柳易一连说了3个"高兴"，可见他有多高兴。

就在这时候，长声口哨传来，代表客人正清醒着。

"这是什么声音？"柳易放开怀中人问。

夏小希左右观望，Alice和Lily还是没回来，遂答："唤我去载客人。"

柳易忽然忆起父亲的嘱托，罕见地劝夏小希别去。

"可是……"

"我父亲说了，"柳易很快插嘴，"一旦订婚，妳也算是半个柳家人，那么学费和生活费自然由我们柳家支付，妳无需再为生活操劳。"

"订婚？"

"是的，在结婚前先订婚，算是给彼此的适应期吧！"

昨晚，当柳易的父亲首次提出订婚的想法时，柳易是反对的（太快了，不是吗？），但再一想，这是唯一能让夏小希接受资助的理由，为了不让心爱的女人再继续劳累，所以转为同意。

另一厢，当夏小希听说要与柳易订婚，并且接受柳家的"供养"时，却是一副闷闷不乐的样子，因为对于新时代的独立女性来说，被牵着鼻子走和被物化皆是可悲的事，而更加可悲的是自己还无力反抗。

"随便，我没意见。"她答。

此时，长声口哨再度传来，而且一连吹了两次，代表泊车员小许已经失去耐心了。

"走吗？"柳易问夏小希。

想到此刻就能摆脱一份鸡肋般的工作，何尝不是幸事？夏小希遂用力点一下头，说："现在就走！"

第三十八章/失之交臂

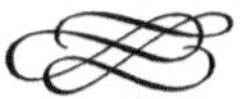

杨泽颜告诉哥哥——Sam想请他吃饭。

"Sam？哪个Sam？"杨泽岩问。

"就是把你的哈雷骑去武汉的那一个。"她答。

"现在我想起来了，就是那个不告而取，还把我的哈雷成功送进修车厂的非裔。"

杨泽颜一时无言以对，因为说的是事实，但她天生会耍赖，所以三言两语就把哥哥给说服了。

"订的是哪家餐厅？"杨泽岩接着问。

"就是上次我还没来得及吃上八宝鸭的那一家。"

上个月，杨泽岩过生日，因为Sam擅自骑走哈雷一事，两兄妹当场在餐厅里撕破脸，如今Sam赔礼道歉，订的餐厅竟是同一家，也没那个谁了。

到了约定日，杨泽岩以为自己很大度，已经释放出最大的善意，理应得到同等对待，然而事实证明有些人就是不值得尊重，请人吃饭竟然还迟到。

"Can you tell me why you're late？" 杨泽岩问。

"我迟到了，没什么好说。" Sam却用普通话回答。

用餐期间，本来是修复关系最好的时段，可是Sam却一语不发，那样子倒像是被迫出现在餐厅里。

"好吃吗？" 杨泽岩这次改用普通话问。

"Not bad." Sam却用英语回答。

杨泽颜见气氛不对，开始说起Sam的优点，譬如才学了5年中文，就能用中文吵架，还有，他就读的大学准备给他一笔奖学金……

"这样你就有钱偿还我的修车费用了。" 杨泽岩意有所指地对Sam说。

"What the hell are you talking about?"

杨泽颜见会面结果非但没有拉近哥哥与男友的距离，反而加深彼此的嫌隙，赶紧将脾气比较暴躁的那一位拉到餐厅外面。

杨泽岩原以为突发事件不过是"中场休息"，哪晓得直接跳到"剧终"——八宝鸭都送上桌了，那两人还是没回来。

"算了，就当是自己吃饭买单吧！" 他心想，同时招手向服务员要了一瓶酒。

等酒足饭饱后，杨泽岩走出餐厅，这才想起自己喝了酒，肯定不能开车上路。

"老板，" 泊车员小许哈着腰，"您需要代驾吗？"

"需要，麻烦你了。"

于是小许帮着打电话，哪知代驾来时路上出了点儿状况，来不了了，小许怕客人等太久，遂提议由自家代驾代劳。

（注：会所代驾原则上只服务楼上客人，但必要时，也可服务楼下的餐厅客人，反正都是佟姐的产业。）

"那也行。"杨泽岩答。

然而小许先后吹了三次口哨，夏小希硬是不搭理，若不是刚完成任务的Lily适时接下工作，恐让客人看笑话了。

等车子一上路，气急败坏的小许便想找夏小希兴师问罪，哪知连个鬼影子也没有。

"等着瞧！我一定报告给佟姐，让妳吃不完兜着走。"小许愤恨想着。

第三十九章/适得其反

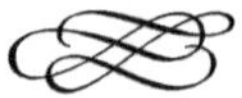

夏小希不知道自己错过了与杨泽岩见上一面的机会，一门心思放在搬家与即将到来的订婚宴上。

"既然不再需要打工，妳何不搬回学校宿舍？"柳易说。

有了柳家的经济支持，夏小希的确不用再早出晚归，但自从搬出去与庞娟同住后，有关她的流言蜚语就没断过，她不想再去面对那些三姑六婆。

"我想搬出来住……如果你家不介意出这笔钱的话。"

"说的什么傻话？"柳易摸摸她的头，"都是一家人了，还分什么彼此？我主要是从安全的角度考量，既然妳不愿住宿舍，我们柳家当然乐意出钱。"

夏小希考虑了一下后，不确定地一问："你不会也一起搬过来住吧？！"

"当然不会。"柳易严肃地答，"心急吃不了热豆腐，我会一直等到妳全心全意接受我的时候。"

这句话的意思是柳易清楚地知道夏小希是被迫接受这样的安排（包括眼前的订婚与以后的结婚），他不想得到她的人，却得不到她的心，所以愿意用无尽的爱与包容来感动她。

"你就不怕到头来一场空？"她问。

"如果那是最后的结局，我也认了，谁让我爱妳爱到无法自拔。"

如果这句话由爱人的口中说出，那必然碰撞出无限爱的火花，奈何落花有意，流水无情，此时的夏小希只觉得烦躁。

"能不能陪我逛街？"她说。

柳易正愁两人相处的时间不够长，既然佳人主动亲近，哪有不愿意的道理？只是他错判了情势。

"先生，一万二，支付宝还是微信支付？"售货员问。

"……信用卡。"

"那也行。"

柳易交出信用卡后，望向夏小希，她正背着新包望着镜中的自己，眼神很空洞。

后来，他们还分别进了女装店、鞋店、香水店、首饰店……等，听着一声声的刷卡声，柳易有不真实的感觉。

"你是不是觉得我是个拜金女？"夏小希问。

"妳以前对自己太苛刻，现在对自己好点儿，怎么就成了拜金女？"柳易反问。

"可是你的表情告诉我——你不喜欢这一切。"

"如果我的表情让妳误会了，很抱歉！那是因为以前的妳很节俭，所以一时没适应过来。放心，从今以后，妳想买什么就买什么，无需考虑钱的事。"

夏小希本想用拜金女的形象来吓退或恶心柳易，没想到适得其反，而更加令她意想不到的是——柳易送她回家后，不到一小时便通过微信转账汇过来十万元。

"妳怎么了？"庞娟问。

"什么怎么了？"

"看手机看得眉头紧锁，都能夹死一只蚊子了。"

"我……有人给我汇钱了。"

庞娟一听，立刻来了精神，忙问是哪个散财童子？

"不是散财童子，是……"夏小希停顿了一下，"是我的守护神。"

"怎么这么好？还有个守护神。"庞娟酸溜溜地说，"如果我也有守护神就好了，也不会五百万元到最后成了一百万，本来可以开个火锅店，现在就只能开美甲店了。"

夏小希搞不清楚庞娟是绕圈子骂她还是纯粹发牢骚，不过以她大大咧咧的个性，夏小希宁愿相信她只是发牢骚。

"不去美国了？"夏小希问，"莫非妳一没钱，那个老美就翻脸不认人了？"

"也不是不认人，我这是曲线救国，毕竟一百万元在美国买个房都吃力，我又初来乍到，花的钱可多了去，万一坐吃山空，再灰溜溜地回来，岂不是让人看笑话？所以我打算先在国内挣够钱再出国，老美那人可好了，说愿意等我，还会给我精神上的支持。"

这就是庞娟！大概从小遭人白眼多了，一旦有人对她好，她就把整颗心都挖出来奉上，但从另一个角度看，她又冷血得可怕，好比那个逝去的亲生儿，庞娟似乎很快就走出阴霾，从脸上完全看不出哀伤，让人很是不解。

"开美甲店挺好的，至少妳的美甲钱已经省出来了。"夏小希说。

"是的，我的理想是先开一家旗舰店，等稳了再开放加盟，让别人帮我赚钱，那样才来钱快！"

看庞娟的双眸闪着亮光（那是对未来的期许），夏小希羡慕极了！然而下一秒钟，她就笑不出来了。

"什么？！"她扬起声，"妳请的美甲师就要住进我的房间，那我住哪儿？"

"放心，起码还有五、六天，妳有足够的时间找房。再不济，还可以搬到我前几年买下的房，当时是期房，现在已经交房了，只是房子挺远的，而且还得找人装修……我看还是算了，远水救不了近火，妳自己想办法吧！"

虽然分道扬镳是既定的事，但夏小希以为自己还可以慢慢找房，没料到那么快就被扫地出门。

"行，我尽快搬走。"

话一答完，夏小希板着脸回房去。

第四十章/心如死灰

都说有钱好办事，夏小希很快便在学校附近租到一个一居室，月租4000元，加上为了让租处住起来更加舒适，额外还添了一些家具与软装。也就是说，短短几天柳易已经刷了好几万元，还没算上汇给夏小希的十万元零花钱。

为了博心爱的人一笑，柳易这下是豁出去了，但柳老板不一样，他很不高兴花钱无度，尤其挥霍的还是他的钱。

"爸，小希以前过得太苦了，所以我不介意花钱让她开心。如果你介意，我给你打欠条，等我毕业赚了钱，再一笔笔归还。"柳易对父亲说。

柳老板深知自己的儿子懂进退、识大体，又怎会跟他明算账？但该说的话还是得说。

"儿啊！媳妇儿是用来疼的，但也不能过分溺爱，我怕你到头来一场空。"

柳易嘴里答不会，但其实心里也怕，他怕夏小希辜负了他，那可比天塌下来还可怕。也正由于惧怕失去，柳易才会义无反顾地倾其所有，包括情感与物质，因为惟有如此，他才能说服自己也有留住人的条件与底气。

反观夏小希，故意放纵带来的包容让她很不爽，遂加大放纵的力度，连柳易给的零花钱也不放过，可是花得越凶，她就越空虚，不知道活着的意义是什么？

正当她处于迷茫之中时，佟姐打来电话，问她是不是不干了？

"是的，不干了。"她无比痛快地答。

"可是账还没结清呢！"

夏小希搞不明白还有什么账没结清？她连这个月的工资都不打算争取了。

"妳可真是贵人多忘事啊！"佟姐说，"4月12日妳接了个私活，却没上报，妳是想让我跟对方谈，还是妳自行解决？"

这下子夏小希想起来了，赶紧声明自己绝对没有接私活。

"那么妳如何解释那消失的一个多小时？"佟姐问。

听此言，夏小希首先想到的是"告密者是谁？"，然而眼下不是抓"间谍"的时候。

"事实是……算了，我付吧！多少钱？"她答。

夏小希其实很想把"折叠车坏了，好不容易才找到修车师傅"再拿出来当借口，但佟姐不是普通人，不会那么好糊弄。

"看来妳傍到大款了，"佟姐说，"我也不讹妳，五万。"

"五万？"她扬起声，"还说不讹人？"

"本来没那么多，但妳刻意隐瞒，所以得加上惩罚性罚款，这样才能起到杀鸡儆猴的作用。"

夏小希气得七窍生烟，根本不愿再搭理这种人，问题是佟姐不会善罢甘休，而她的零花钱也被自己挥霍得差不多，这如何是好？

思来想去，夏小希只能承诺三天内给钱，请佟姐别去骚扰杨先生。

"还说没接私活，连人家姓什么都知道。"佟姐大笑两声，"得，只要按时给钱，我绝对不骚扰妳的杨先生。"

夏小希的算盘是让柳易再给钱，可是当面对柳易时，她却说不出口，因为这让她感觉自己很廉价，跟索要过夜费的妓女无异。

"妳想说什么？"柳易柔声地问。

"我想说……能不能陪我上超市？"她问。

虽然柳易最后付清了超市购物车内的所有费用，但这跟开口索要不同，一旦开了口，性质就不同了。

当夜，柳易又汇来520元（520谐音"我爱妳"）。夏小希收下后，却无一丝欣喜，因为这与五万块钱相距甚远。

天人交战一番后，夏小希决定卖掉刚买来的手链，只是当初有多豪爽，如今就有多后悔，七万多元的手链，过个手竟然直接打对折。

"这是新买的，妳看发票上的日期就知道。"夏小希说。

"抱歉！二手奢侈品交易就是这个价，您若不满意，可以上别家问问。"

问下来的结果，出入皆不大，没办法，夏小希只能贱卖，但仍有一万多元的缺口，于是她想到了庞娟。

"没问题，晚点儿我汇给妳。"

有了庞娟的承诺，夏小希终于能睡个好觉，可是次日醒来，钱仍未到账，她只能再次联系庞娟。

"抱歉！新来的美甲师盗走我手机银行里的钱，我现在顾不上妳了。"她答。

"怎么会……"

"不跟妳说了，我得上警局，妳自己想办法解决。"

庞娟一挂断，代表夏小希的问题大条了，因为今天是承诺给钱的最后期限。

"佟姐，我能先给妳三万五吗？剩下的，我过几天给。"夏小希在电话里恳求。

"行，但过几天给是双倍，也就是三万。"

"哪能这么算？体育老师也不是这么教的。"

"妳不给也行，不给我就去骚扰妳的杨先生。"

夏小希最恨别人威胁她，说话也就没那么好听了。

"既然妳都这么说了，我再客气就是不识抬举。"

"是的，妳赶紧去骚扰，可千万别客气哈！"

话赶话的结果让夏小希后悔不已，想到杨泽岩就要用异样的眼光看自己，她痛苦得想死掉，所以罕见地又去求佟姐。

"晚了，对方已经知晓了。"佟姐答。

完了！令她怦然心动的人已经看到她最不堪的一面，她还有什么好期待？

挂断电话后，夏小希心如死灰。

第四十一章/张冠李戴

当老外被通知自己于4月12日跟代驾发生亲密行为时，当场愣住了，不过很快便处之泰然，因为这阵子他老往温柔乡跑，如果迷迷糊糊（醉酒）的情况下染指了代驾，也不是不可能，于是爽快付钱。

然而夏小希并不知道佟姐张冠李戴，仍为没能在杨泽岩心中留下一个完美形象而懊恼，好处是她不再犹豫（反正已无形象可言），坦然接受命运的安排——嫁给一个"他爱她比她爱他多得多"的人。

反观杨泽岩，他也正为一个匆匆一瞥的女人神伤，甚至怀疑自己误入了平行时空，恋上了一个原本不该有交集的美人儿……

"小希，我父亲问订婚宴妳需要几桌？"柳易问。

"几桌什么？"夏小希反问。

柳易笑了，答："妳总要发帖子给朋友、同学或老师，请他们来观礼呀！"

夏小希一听，大惊失色，忙说订婚是很私人的事，不需要别人来观礼。

"可是……我家需要。"柳易嗫嗫嚅嚅地答。

"你家需要就你家请，我……真的不需要。"

柳易忆起夏小希的母亲也曾说过类似的话——亲戚都不来往了，这笔钱可以省下来。

也许夏家母女有自己的考量，但女方亲友若无一人出席订婚宴，难免引人非议，柳易隐晦地表达自己的担忧。

"我认为订婚只是走个形式，"夏小希答，"只要当事人与双方家长一起吃个饭，再交换一下戒指即可。"

"那结婚宴……"

"结婚宴另说，如果你和你父亲非要有这个仪式，我和我妈尽量找人凑齐一桌。"

原本喜庆的事，到了亲家那边却成了累赘和敷衍，柳易虽不满意，但也无可奈何。

"我再与父亲商量吧！"柳易泄气地说，"如果没问题，妳想什么时候订婚？"

"越晚越好。"

看柳易脸色不对，夏小希改口期末考试将至，总得等考完试再说。

"妳考虑得没错，那么七月中旬好吗？那时我们都放暑假了。"

夏小希正打算利用暑假好好玩一玩，弥补过去总是忙于工作的遗憾，她不希望还没开始玩，就被世俗戴上手铐和脚镣。

"能不能临开学再订婚？"夏小希满怀希望地问，"订完婚刚好上课，岂不更好？"

柳易不觉得有什么好，反倒看出一些端倪。

"小希，妳是不是不想与我订婚和……结婚？"他问。

虽然这是夏小希的真实想法，但她不能这么答。

"我当然想与你订婚和……结婚，但我才大二，那么早就定下来，难免引人侧目，连我自己也觉得太匆促了。"

"原来如此！"柳易大松一口气，"既然妳想低调和慢点儿订婚，我负责说服我爸，应该不成问题。"

能晚点儿戴上枷锁，夏小希求之不得，所以当柳易提议看电影时，她答应得非常爽快。

第四十二章/树洞

在电影院里，夏小希被身后不远处的谈话声给吸引住，因为女人说到了马哈，还提到遛狗，令她忍不住回头，这一望，吓得她花容失色，因为女人身旁坐着的正是她魂牵梦萦的人儿。

当灯光暗下，夏小希对柳易说自己需要到外面打个重要电话，结果这一去就不复返，因为她不想让杨泽岩误会自己已经有男朋友了……

"他有女伴，妳就不能有男友？"庞娟问。

"那不一样，我和柳易不算真正意义上的一对。"她答。

"都要订婚了，"庞娟把薯片咬得咔呲作响，"还不算真正意义上的一对，那妳告诉我——什么才是真正意义上的一对？"

说起夏小希找庞娟倾诉这件事，她本人也很难理解，真要找原因，大概是她需要一个树洞，而庞娟的命运比她还惨，不致于笑话她。

"哎！妳不懂，有人就只适合当朋友。"

"我怎会不懂？妳的毛病就出在吃着碗里，看着锅里，小心人心不足蛇吞象！"庞娟又从袋里拿出一片薯片，"话说回来，我若有妳的美貌，大概也不会甘心将就。"

"不，柳易不是将就。"夏小希很快地答，"只是……只是我没爱上他而已，我指男女之间的爱，妳懂吗？"

庞娟不懂，在她的世界里，男人的爱就是情欲，发泄完就没了，所以她总要抓住那短暂的拥有，来证明自己也曾爱人与被爱。

"妳就是这样对待不将就的人？"庞娟问，"我指将人扔在电影院里不管不顾。"

"不是这样的，后来我给他留言了，说自己忽然肚疼。"

"然后呢？"

"他去给我买药，接着送上门。"

庞娟拍一下自己的额头，感慨天底下就是有这种傻瓜！

"妳的钱追回来了吗？"夏小希转移话题问。

"应该能追回来，只是流程很烦人。哎！也怪我把账户名和密码写在备忘录里，让小人有可乘之机。"

"那妳的美甲店还开吗？"

"当然开，否则我吃什么？"

就这么东扯西聊，夜深了，庞娟问夏小希怎么回去？

"我有折叠车。"她答。

"都快当有钱少奶奶了，还骑那破玩意儿干啥？"

夏小希骑它主要是体积小，折叠起来还能推着走。

"即使当上有钱少奶奶，我还骑它，因为这破玩意儿比健身房里的动感单车还便利。"

"哈！人傻钱多，说的就是妳！"

听完玩笑话，夏小希下楼去，然后在月光下骑行而归……

第四十三章/追狗

为了得到一个合作机会，杨泽岩和他的团队已经连续加班有一阵子了，好不容易得来一个休息日，他就只想躺在床上睡懒觉，没料到被突发事件给惊醒了。

"Damn it！"杨泽岩从床上跳起，盯着床边的排泄物，"杨泽颜，快来处决妳的狗。"

杨泽颜当然没有处决她的狗，但是很快清理了现场，还喷上Dior香水，也算是做到位了，可是她的哥哥却不买单，扬言狗今日就得走，否则别怪他下狠手。

"好哥哥，"杨泽颜腻了上去，"你不是玫瑰，何必带刺？"

"I mean it. 妳以为我在开玩笑？"

这个时候再不转换话题就是天下第一蠢，于是杨泽颜要哥哥赶紧的，《奥本海默》就要开演了。

《奥本海默》是今年的电影大热，杨泽岩早想找个时间一睹为快，只是他以为再怎么着也得等到秋季，没想到已经上映了。

快速梳洗一下后，杨泽岩换上休闲服，与妹妹来到电影院，这才发现《奥本海默》是即将上映，非正在上映。

"来都来了，看《超级马力欧》也一样。"他的妹妹笑眯眯地说。

这哪能一样？但诚如杨泽颜所言，来都来了，就看呗！

在放映厅坐下后，杨泽颜开始给哥哥洗脑，不外马哈是她的抚慰犬，这些年若没有它的陪伴，简直生不如死，放心，她会雇更加靠谱的人遛狗，家里绝不会再出现不该有的东西等等。

养狗不遛，在杨泽岩看来很不可思议，但放在自己的妹妹身上却不违和，如果将来她生了孩子却交由别人养育，杨泽岩一点儿也不感意外。

当灯光暗下，屏幕上开始出现广告时，有个人起身，默默走出放映厅……

杨泽岩不以为意，将心思放在屏幕上。

看完电影，杨泽颜说好久没吃家乡菜了，作为哥哥的杨泽岩便带她去吃辣椒蟹、炒粿条和海南鸡饭，两兄妹吃得眉开眼笑。

回家路上，杨泽颜接了一通电话，杨泽岩清楚地听到18241111这几个数字。

等挂断电话后，杨泽岩问妹妹方才与谁通话？

"新雇的遛狗人。"她答。

"妳什么时候雇的？"

"趁你点菜的时候雇的。"

杨泽岩接受了这个说法，但不一会儿便如临大敌。

"妳为什么告诉遛狗人房门密码？"他紧张地问。

"现在都几点了，再不遛，马哈又要在家里大小便了。"

虽然说的是事实，但让陌生人进屋仍是不安全的，杨泽岩思忖着一回到家就马上重置密码。

当车子即将开进小区时，坐在副驾驶座上的杨泽颜忽然大喊："看！那是马哈。"

杨泽岩往妹妹手指的方向望过去，还真的是马哈，它被一个瘦小的女生牵着。

"马哈的力气大，不知小女生能不能控制得住？"杨泽岩心想。

结果下一秒就出乱子。

"嘿……嘿……"小女生在后追赶，"别跑！"

见状，杨泽岩赶紧路边停车，然后与妹妹一起加入追狗的行列中……

第四十四章 / 值得感谢的意外

夜深了，夏小希来到杨泽岩所住的小区外，她的想法很简单，就是跟暗恋对象告别，哪怕只是远远地望着……

当那只狗挣脱时，夏小希是知道的（她并不感觉害怕，尤其狗主人正在后面追赶着），可是越靠近就越不安，怎么狗好像是冲着她来？

喔唧一声，夏小希从单车上摔下，她下意识护住头部，同时喊着："别咬我！"

狗倒是没咬她，但蹭得她一身狗味，还好"罪魁祸首"很快被赶来的人控制住。

"妳还好吧？！"

熟悉的声音传来（带着奇怪的口音），夏小希抬头一望，瞬间傻住了。

同样傻眼的还包括杨泽岩，他心心念念却凭空消失的佳人竟然就在眼前。

"妳还好吧？！"杨泽岩再次问道。

"好……不好……脚痛。"

杨泽岩将她扶起，可是下一秒，她又痛得坐在地上。

"她大概骨折了。"杨泽颜说。

这不是夏小希第一次见到这位美得相当跋扈的女人，但对杨泽颜来说，坐在地上的女人却是头一回见到（上次两人面对面时，夏小希做男孩子打扮，还戴着口罩，难怪她没认出来）。

经妹妹这么一提醒（女人可能骨折了），杨泽岩立即提议上医院。

夏小希正愁没有和男神近距离接触的机会，如今好运降临，岂能错过？

"麻烦你了。"她说。

由于夏小希连站立都困难，得到同意后，杨泽岩抱起她，走向自己的座驾，短短一分钟的路程，却是夏小希近日以来最快乐的时光……

"踝关节骨折了，得打石膏。"医生看诊后说。

"多久能正常走路？"夏小希问。

"起码六个星期。"

这代表夏小希得拄着拐杖参加期末考试，她不禁眉头深锁。

"对不起，妳的医药费和误工费，我会全权负责。"杨泽岩说。

"那只狗是你的吗？"夏小希好奇一问。

"不是我的，是我妹的，但我难辞其咎。"

听说那个女人是杨泽岩的妹妹，夏小希快乐得想飞起来，但表面上还是保持神态自若。

"你只需付医药费，我还是一名学生，所以没有误工费。"她答。

饶是如此，给人带来肉体上的疼痛与精神上的惊吓，仍是不争的事实。

"请给我表达歉意的机会，告诉我，如何能帮到妳？"杨泽岩说。

夏小希的第一反应是谢绝帮助，但再一想，这是上天赐予的良机，得好好把握呀！

"咱们互加微信吧！"她说，"哪天我若需要帮忙，再联系你。"

加了微信后，杨泽岩才知道她的名字。

"原来妳叫夏小希，幸会，我叫杨泽岩，木字旁的杨，沼泽的泽，岩石的岩。"

"我记住了。"

"待会儿我送妳回小区，是B座18层，对吧？"

看来那日见面过后，他并没有忘记她，还有，佟姐似乎没做出格的事（好比"骚扰"杨先生），否则杨泽岩不会表现得如此大方自然，看来佟姐面恶心善，是夏小希误会她了。

"我……我搬出来了，就在学校附近。"

听夏小希这么一答，过往的怀疑终于有了解答。

"那也没关系，我载妳回现在住的地方吧！"杨泽岩说。

夏小希当然不反对，于是在杨泽岩的搀扶下，她坐上了劳斯莱斯。

第四十五章 / 好的开始？或许是。

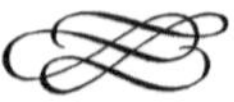

柳易听说夏小希受伤了，急得像热锅上的蚂蚁。

"没事，已经打上石膏了。"她说。

"不行，没见到妳，我的心永远不会安定。"

夏小希知道柳易的犟脾气，既然无法阻止，只好跟他约在校门口见，下午五点，逾时不候。

柳易下午五点其实还有课，但为了见夏小希一面，他只能逃课。

"看！我不是好好的吗？"夏小希一见到他便说。

从表面上看，夏小希的右脚踝打上石膏，腋下还挂着拐杖，但面色红润，连眼睛都在笑，相较从前，似乎更加健康与明艳动人。

"可是我怕会有后遗症。"他答。

"不会有什么后遗症，你就是爱操心！"她停顿片刻，"现在看到我了，你可以安心回去了。"

柳易没料到夏小希会这么快就赶他走，他认为再怎么着也得一起吃个饭，可是他的提议却被打了回票，因为夏小希已经约人吃饭了。

"约的谁？"他问。

"一个好看的男人。"夏小希答，"你何不跟过去瞧瞧？"

柳易听出夏小希在说反话，而且极可能即将发火。

"好，我不跟去，但妳行动不便，让我载妳过去吧！"他说。

岂料这样善意的建议也遭拒，没办法，柳易只能怏怏而归。

柳易走后，夏小希刻意在学校附近徘徊，直到确认柳易真的走了，她才又重回学校大门。

19:50，一辆银灰色轿车停下，从车上走下来一个男人，他快速扶夏小希上车，因为此处只能临时停车。

"妳是不是等很久了？"杨泽岩问。

"没。"

跟夏小希约的是6点，可是杨泽岩却足足迟到近两个小时。

"临时接了个工作，加上交通堵塞，所以……"

"我说了没等很久，"她对他微笑，"我们上哪儿吃饭？"

"秘密。"

杨泽岩想到的是能俯瞰江景的餐厅，女孩子应该会喜欢，于是将车开往正大广场。

夏小希曾因柳老板的关系，上过几次高档餐厅，但边看黄浦江夜景边啖美食还是头一回。

"这景色真美，让人想起十里洋场。"她说。

"什么yangchang？是羊的肠吗？"

夏小希噗嗤一笑，问他是哪里人？当得知是新加坡人时，一切都有了答案，包括他那奇怪的口音。

"你的中文能力不行啊！平常上班怎么办？"她问。

"平常上班说英语。"

短短一句话立即将两人的距离拉开。

"我也希望自己能说一口流利的英语，奈何没那个环境。"

"那行，以后妳教我中文，我教妳英文，我们共同成长。"

夏小希最想要的爱情便是同心同德、相倚为强，杨泽岩的这番话无疑踩中她的心巴。

"你该不会是开玩笑的吧？你老婆不介意吗？"她故意问。

"我没老婆。"

"那你女友……"

"我也没女友。"

"那……"

"如果妳想问我有没有别的中文女教师，答案是没有。"

此刻，夏小希的心无比畅快，但她不能表现出来。

"这样看来，倒可一试。"她平静说道。

"是的，折日不如撞日，待会儿我们就找家咖啡馆上课。"

夏小希纠正他是择日，不是折日，发音不翘舌。

"这么快就上课了？让我更加期待。"杨泽岩微笑着说。

他俩互望着，尽在不言中。

第四十六章/酸甜的滋味

夏小希回家后，心情仍激动不已，这是头一回她想要光阴走得慢一点儿，好让她有足够的时间来回味与杨泽岩相处的快乐时光；反观杨泽岩，他也已经许久没那么开心过，就算夏小希什么事都不做，什么话也没说，只是静静地坐在那里，也是赏心悦目的事。

谁能想到，在这个夏小希与杨泽岩皆无比亢奋的夜里，有个人正辗转难眠。

"小希怎么了？她的眼睛在笑，可是好像不是针对我，还有，她约了谁吃饭？真的是一个好看的'男人'吗？"柳易想着。

好几次，这名痴心汉有立即打电话问个明白的冲动，但都被理智给克制住，他不想用软绳子系住心爱的人。在他看来，夏小希是自由的，这也是她吸引他的原因，因为他太克己，总是小心翼翼，而她是他的化身，代替他去对抗这个看似有序，实际毫无规则可循且往往出人意表的世界……

接下来的几个礼拜，柳易都没有联系夏小希，因为他想找出自己害怕的根源（是自己不够好还是其他？），压根儿不愿去想另一种可能性，那就是问题出在夏小希身上，他再怎么委屈求全也没用。

另一厢，柳易的忽然"消失"却给了夏小希和杨泽岩更进一步了解彼此的机会。

"所以妳父亲仍杳无音讯，母亲则一个人在老家生活？"杨泽岩问。

"……是的。"

"她那么辛苦，等妳有能力了，得帮衬一下。"

"那自然是。"

由于长着一张混血儿脸孔，夏小希也不藏着掖着，老实陈述父亲的部分，但母亲这边就为难了，如果承认她与雇主有染，这多不光彩！所以做了一些美化，至于代驾这份工作……虽然自己一直洁身自好，没什么好丢人，但怕杨泽岩误会，她还是选择跳过，只说自己曾在奶茶店打工过。

相较于夏小希的"多所顾忌"，杨泽岩坦荡多了，不论家世、求学经历还是交友，都交代得明明白白的。

"我发现在每一段感情上，你皆占主导地位，这大概是恋情告吹的原因吧？！"夏小希说。

"这就是我，我喜欢掌控一切，如果不能掌控，我宁愿不要。"他答。

一般人听到这话，大概躲都来不及，但夏小希不一样，她喜欢挑战，尤其挑战高难度。

"我也喜欢掌控一切，如果不能掌控，我也宁愿不要。"她说。

他们彼此互望，时间仿佛冻住了，但似乎又有什么在台面下涌动着。

"我相信这将会是个很好的挑战。"杨泽岩首先开口，"我喜欢挑战，尤其挑战高难度。"

此刻，夏小希仿佛遇到另一个自己，她喃喃道："是的，这将会是个高难度的挑战。"

接下来的日子，他俩谁也没主动搭理谁，这成了一场博弈。

"如果他不愿低头，那么失去了也不足惜。"夏小希心想。

然而越假装不在意，她的心就越割裂，只能把注意力放在期末考试上，借以缓解被忽视的疼痛。

同样痛苦的还包括柳易，他的"刻意"消失并没有激起任何水花，夏小希一次也没找过他，如果他病了、残了、甚至死了，她大概也不知情。

有句话"被偏爱的总有恃无恐"，放在夏小希与柳易的关系上，的确如此，因为纵使被伤透了心，柳易还是决定等期末考试一结束就去找夏小希，而且为了避免"久别重逢"的尴尬，他还精心准备了一套说辞……

"小希，这阵子我加入书法社，每天都勤练写字，所以没来看妳。"他说。

"是吗？"夏小希边搅动咖啡边冷冷地答。

"妳……是不是生气了？"

"生什么气？"

"因为我有好一阵子都没来找妳。"

柳易不说，夏小希还真察觉不出来（事实上，她的心全在那个"不告而别"的男人身上，对其他事当然反应迟钝）。

"你没来找我挺好的，"她特意看了一下柳易的表情，"这样我们才能静下心来准备考试。"

听此言，柳易紧绷的心终于放下，问她何时回家？

"回家？"她惊讶问道，"回哪个家？"

"放暑假了，妳难道不回去看我们的父母？何况订婚的事也得商量一下。"

柳易用"我们的父母"来含盖他的父亲与她的母亲，同时还暗指他俩未来的结合，这让夏小希很是坐立不安（尤其还提到那个可怕的订婚）。

"医生说我的腿部石膏还需一段时间才能拆，我想等到那时候再回去。"她答。

"那么我陪妳！"

"不，你先回去，我拆完石膏再走。"

"可是……"

"难道订婚前我都不能独处一下吗？你连这点儿自由也不给我？"

话说重了，夏小希又觉得难受，道了一声抱歉后，陷入无话可说的境地。

听说女性多少会有婚前恐惧症，这是因为婚后会面临角色转换与生活方式的反差，致使一部分人产生焦虑。柳易猜想夏小希大概也有此症状（虽然这只是订婚，还未结婚），所以决定不再施加压力。

"好，我先回去，妳有任何需要都可以随时call我。"说完，柳易去前台结账。

等人走了之后，服务员端来一片柠檬蛋糕，说是方才的男人为她点的。

夏小希沉默地吃着蛋糕，那酸甜的滋味，正像她此刻的心情……

第四十七章/靠谱的柳易

夏小希说她的腿部石膏还有一段时间才能拆，事实上，没过两天她便拆了。少了石膏的束缚，她的身心皆轻快很多，与此同时，想找人说说话的念头也越发强烈。

"我在店里呢！"庞娟在电话里说。

夏小希也爽快，直接杀到店里去。

"我以为考完试妳就回家去了，怎么还赖在上海不走？"庞娟边替她修剪甲形边说。

"我不想面对那个家，而且一回去就得准备订婚，烦死了！"

"还没订下来，妳就如此烦躁，真要订下来，妳岂不是度日如年？"

这倒是实话，问题是夏小希不知道要如何摆脱桎梏。

"也许妳应该找个有钱人，"庞娟为她支招，"让他代妳偿还那两百万元的债务，没了债务，妳也不用嫁给不想嫁的人。"

庞娟的一席话犹如醍醐灌顶，可是到哪里去找这样的人？夏小希首先想到杨泽岩。

"看来真有这么一个人，"庞娟意有所指地答，"妳的表情说明了一切。"

夏小希没料到自己这么藏不住心里事，索性放开，没等庞娟盘问就全招了。

"妳没联系杨泽岩，杨泽岩也不联系妳，这事还有救吗？"庞娟听完后问。

这也是夏小希"烦躁"的部分原因，好不容易遇到心仪对象，可是对方却摆出一副可有可无的姿态，真是急煞人！

"我也不清楚，所以才心烦啊！"夏小希答。

话甫歇，美甲店走进来一个人。

"杨小姐，妳来了，今天找谁做指甲？"庞娟笑问客人。

"都行，我今天想缀个珠子。"

于是庞娟喊来3号美甲师，说她最擅长缀珠子。

夏小希一见来人，立即侧过身去，庞娟也发现了不对劲，用眼神问她怎么了？

"她是杨泽岩的妹妹。"夏小希用夸张的口型说，没发出半点儿声音。

庞娟得知后来劲，转头告诉刚来的客人："我的客人说认识妳。"

夏小希简直不敢相信自己的耳朵，但又不得不虚与委蛇。

"妳好。"夏小希说，脸色很不自然。

"妳……妳不就是骨折的那一位？"

"……是的，我现在好了。"

"可是妳怎么在上海？我哥说妳度假去了。"

夏小希不明白杨泽岩为什么要这么说？但她没有纠着这个话题，反而问起他还说了什么？

"他说如果妳再不回来，他就不等了。"

此时的庞娟插嘴问："不等了是什么意思？"

"不等了很好理解呀！就是放弃的意思。"杨泽颜停顿了一下，接着火上加油，"我哥那人很受女孩子欢迎，只要他一招手，十之八九都会上钩。"

夏小希听完，心跌落谷底。

庞娟把这一切都看在眼里，决定帮朋友一把。

"我们夏小希也不差呀！"她说，"事实上，她就要订婚了，男方文质彬彬且有求必应，家境还殷实。"

"原来姓夏呀！什么时候的事？"杨泽颜问。

庞娟望向夏小希，夏小希给了"八月底"的答案。

"那么恭喜了！"

杨泽颜一答完，专心与美甲师商量指甲造型，这代表与夏小希（或庞娟）的谈话结束。

做完指甲，夏小希快快走出店外，庞娟跟了过去，说："这男的一听就是个大渣男，还是柳易靠谱。"

"妳不认识杨泽岩，怎能这么说他？"

"他妹妹都承认了，还会有错吗？莫非妳仍不死心？"

夏小希的确还怀抱希望，只是已经非常渺小了。

"谁不死心？我？哈哈！妳也太逗了。"她答。

与庞娟道别后，夏小希决定放纵一下，于是打电话给柳易。

"十万块？妳为什么需要这么多钱？"他问。

"别问这个，你给还是不给？"

以往都是柳易主动给钱，夏小希从未开口要，如今心情太糟糕，她就想花钱撒气，所以顾不了那么多了。

"给，"他答，"不过转账不一定实时到账，妳得等一下。"

结果这一等，夏小希的理智回来了，把到账的钱又给汇回去，柳易问这究竟是怎么回事？

"我不过是试探你一下，恭喜，你过关了。"她答。

柳易听完，长舒一口气，倒不是心疼钱，而是害怕夏小希遇到了什么麻烦。

听着柳易在电话那头絮絮叨叨，说的全是关心、体己的话。

"也许庞娟是对的，"夏小希心想，"还是柳易靠谱！"

第四十八章／头一回

与柳易约好三天后见，夏小希忙着打包行李和打扫卫生，当听到手机铃响时，一开始她还不愿搭理，可是对方很执着，一打再打，她只得接听。

"听说妳要订婚了，恭喜，想要什么订婚礼物？"

听到熟悉的声音，夏小希差点儿喜极而泣，心想——你终于还是来了。

"你听谁说的？"她明知故问。

"谁说的重要吗？问题是订婚是不是真的？"

"是真的，我妈欠下两百万元的债务，我不得不替她偿还。"

"这跟订婚有什么关系？"

想到杨泽岩是外国人，也许并不清楚内地复杂的人情世故，于是夏小希一条条替他理清。

"我算是听明白了，这简单，我替妳还。"

夏小希吓得张口结舌，支支吾吾地问他难道不怕这是一场骗局？

"什么是骗？把没有说成有叫骗，如果真实存在就不算骗，现在妳回答我——妳是不是在骗我？"

"没有，我对天发誓。"

"这不就好了？"

后来他俩还谈了点儿别的，就是不再谈钱，所以夏小希也不清楚杨泽岩的真实想法，是一时兴起所开的玩笑还是真心实意想替她还钱？

"时间晚了，出来喝一杯吧！"他忽然说。

夏小希以为时间晚了，应该道晚安才是，怎么约着出去喝酒？

"我的酒量不好。"她说。

"我的酒量也不好，我们浅尝一下即可。"他答。

结果这么一尝，双双都喝醉了，还是酒吧老板替他俩叫的代驾，目的地当然是杨泽岩的家（酒吧老板与夏小希不熟，不知她家住哪儿？）。

是杨泽颜开的门，看两保安架着瘫了的两人进屋，很是错愕。

"不，别把人放沙发上。"她喊。

"不放沙发放哪儿？"保安问。

"放……放床上啊！"

然而看着哥哥与女人躺在同一张床上，她又觉得不妥，赶紧拨打美甲店的电话（想找美甲店老板娘帮忙），可惜无人应答。

"看来也只能这样了。"她无奈地说，接着替哥哥和女人盖上被子。

夜里，夏小希忽然惊醒，当看到身旁躺着杨泽岩时，吓出一声冷汗。

"这是怎么回事？"她猛拍自己的脸颊，"夏小希，快醒过来！"

定下神后，她忆起自己和杨泽岩上酒吧喝酒，接着便印象全无。

"我该不会和他做了那档子事了吧？！"

这么一想，夏小希赶紧掀被检查，还好衣衫完整，

"放心，我不会趁人之危。"闭着眼的杨泽岩说完，翻身面向她，"不过妳现在答应还来得及。"

什么跟什么呦！夏小希立即要他洗洗睡。

"也好，"杨泽岩猛然睁开双眼，"我们一起洗澡，洗完再睡。"

夏小希忽然坐起，闷不吭声。

"怎么了？"杨泽岩也跟着坐起，"我开玩笑的，妳别在意。"

"我……"

"什么？我没听清楚。"

"我还是virgin。"

听说夏小希还是处女，杨泽岩高兴之余，还有一丝胆怯。

"这是不是你的头一回？"夏小希问。

杨泽岩已经三十有五，这个年纪的人大多已有性经验。

"如果我到现在还是个处男，那才有问题，而且问题还不小。"他答。

"你误会了，我问的是——这是不是你头一回遇到没性经验的女人？"

还真被夏小希给说中了，此时的杨泽岩不免有些不知所措。

"你害怕吗？"她问。

"有点儿。"

"别怕，凡事都有第一次。"

"妳的意思是……"

夏小希立即用嘴堵上杨泽岩的唇，两人滚进被窝里……

第四十九章 / 鱼水之欢

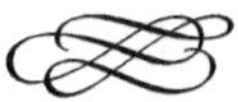

在杨泽岩的亲吻与爱抚下，夏小希颇为享受，可是一旦开始进入，她却只有痛觉。

"对不起，我慢一点儿。"杨泽岩说。

然而色欲当头，这个男人最终也没能把持住速度，夏小希感觉自己被深深撕裂。

事后，她紧紧搂住被子，一语不发。

杨泽岩很想说些安慰的话，但话到嘴边却又不知从何说起。

"疼吗？"他亲吻她的裸肩问。

"嗯！"

"多来几次就不疼了。"

夏小希噗嗤一下，问他这是哪来的歪理？

"是真的，那些……女的，从没喊过疼，反而要的更多。"

一语道出夏小希不过是他的"众"女友之一。

"我大概是其中表现最差的一个吧？！"她问。

"不，妳这样很好，我喜欢。"

他们就这么搂着睡，直到清晨的第一道曙光照了进来……

杨泽岩赤着脚去拉窗帘（昨晚，他妹妹忘了拉上窗帘），可惜晚了，夏小希已经醒来。

"几点了？"她问。

"快六点了，"杨泽岩上床抱住她，"妳再多睡会儿。"

"我有个毛病，醒了就很难再入睡。"

"那么……我们做点儿什么好？"

夏小希击打他一下，说："怎么你满脑子想的都是风花雪月？"

"我发誓，"杨泽岩立即举起手来，"我想的是妳，绝没想风花雪月。"

夏小希听完，愣了一下，接着笑得像个疯子似的，杨泽岩趁机将她扳过来，开始毛手毛脚。

"你……"

"听着，我正在上课，这是Breast。"他边抚摸她的乳房边说。

"Breast."夏小希重复着。

"这是Penis。"他抓住夏小希的手往下，那里硬得像根木棒。

"Penis."夏小希继续重复着。

"这是Heavy Petting."他开始上下其手。

"Heavy......Petting." 夏小希边说边呼吸急促。

当所有的性器官和前戏动作名称都教完后，这位尽责的"老师"说他要开始好好爱他的学生了。

这一次，他们两人配合得很好，夏小希也首次尝到鱼水之欢，像身体的每一个毛孔都在做Spa，畅快无比！

"疼吗？"事后他问。

"一点点儿。"

"我说了，多来几次就不疼了。"

夏小希瞅了他一眼，没说反对的话。

第五十章/意外的访客

接下来，夏小希和杨泽岩就像一对连体婴，公园里有他俩；健身房里有他俩；餐厅里有他俩；电影院里有他俩；K歌房里有他俩；酒吧里有他俩……最后的最后，两人疲惫地躺在床上大和谐……

这样的美好日子连续过了好几天，某日，杨泽岩告诉夏小希——他再不上班，老板就要炒了他。

"我也得回家去了。"她说。

"也好，妳回家带点儿衣服过来。"

"不，我的意思是回老家。"

本来夏小希向柳易承诺三天后回去，结果一拖再拖，理由千奇百怪，到最后连她自己也说服不了。

"妳什么时候回来？"杨泽岩问。

"订完婚回，大概八月底，九月初。"

"说什么傻话？"杨泽岩抱住她，"妳已经是我的人了，绝不能再和柳一有任何瓜葛。"

"他的名字是柳易，不是柳一，他还不知道我俩的事。"

"那么现在就打给他，说妳已经和我在一起，两百万元我会代妳偿还。"

夏小希问他是不是来真的？

"当然是真的。"他答，"给我对方的收款信息，我争取今日汇出。"

夏小希给了银行账户信息后，杨泽岩看了一下时间，说："我得上班去了，晚上见！"

杨泽岩离开后，夏小希在房间里磨磨蹭蹭，直到房外传来鞭炮声，她才寻声走到厨房一探究竟。

"妳在干嘛？"夏小希问。

"自制爆米花。"杨泽颜答。

夏小希以为爆米花是利用微波炉做出来的，眼前却是一个加盖炒锅。

"妳这是吃早餐还是午餐？"夏小希又问。

"吃的是零食，妳也一起吃。"

后来她俩坐下来吃焦糖味的爆米花，杨泽颜还说焦糖味的比巧克力味的好吃。

"是吗？"夏小希拿起第2颗，"我很少吃爆米花，所以不予置评。"

"那么拿我哥和妳的前男友比，妳总分得出高低吧？！"

"没有什么前男友，妳哥是我的第一个男友。"

"Are you kidding me？ No way！"

在杨泽颜看来，夏小希的颜值放在东西方都很抗打，这样的美人又怎么可能那么晚才交男友？这当中肯定有鬼！

"妳别看我哥花钱大手大脚，其实没想象中有钱，而我那真正有钱的爸妈一早就立下规矩——娶妻必须门当户对。这也是我哥至今还单身的原因，因为他的历任女友皆好看，但论起家世背景却一塌糊涂，不符合娶妻标准。"

夏小希的心喀噔了一下，她好不好看，见仁见智，但家世背景的确一塌糊涂。

大概见夏小希没过多反应，杨泽颜决定加大剂量。

"告诉妳，"她说，"我哥的情史很精彩，上中学那会儿就和班上女同学乱来，是我爸妈既花钱又赔礼道歉，才把事情压下来。上了大学和工作之后就更离谱了，三天两头换女友，最短十几天，最长不会超过两个月，所以妳得有心理准备。"

"什么心理准备？"

"随时被抛弃的心理准备。"

虽然这样的报料出自杨泽岩的妹妹口中，但夏小希并不十分相信，因为这不是她眼里的男友形象（也与他的亲口陈述不符）。为了避免心情进一步受影响，她找了个借口离开。

成功把哥哥的女友气走后，杨泽颜喜形于色，这是她干过的诸多缺德事之一，早已没了内疚一说。

回家路上，夏小希接了一通电话，柳易照例问她什么时候回来？

"飞机票难买，也许再过两天吧！"她答。

"妳现在在哪里？"他又问。

"我买完东西了，正在回家路上，怎么了？"

"没什么，就是问问。"

后来他们又聊了一些家常，直到快近家门了，夏小希的步伐才慢了下来，同时心跳加快，因为柳易就近在咫尺，身旁还有一个行李箱。

"你……什么时候到的？"她问。

"我昨晚就到，妳……一夜未归。"

这无疑打了夏小希两耳光，她心想伸头一刀，缩头也一刀，索性摊牌吧！

"因为……"

"让我先进屋好吗？我有些不舒服。"

夏小希原以为柳易是因为生气才涨红了脸，原来是身体不适。

"当然。"夏小希开了门，"请进！"

第五十一章／解除婚约

柳易上机前就已经有轻微的感冒症状，但他还是坚持上机，因为夏小希迟迟未归，问她原因也语焉不详，让他很是担忧，而更加令他不安的是两人隔天才见上面（夏小希一夜未归），这样的折磨，柳易不知自己还能忍耐多久。

"让我先进屋好吗？我有些不舒服。"他说。

"当然。"夏小希开了门，"请进！"

柳易一进屋就在沙发上躺下，夏小希一摸他的额头，滚烫滚烫的。

"你发烧了，我们还是上医院吧！"她说。

"走不动了，"他气若游丝地答，"让我先躺会儿。"

于是夏小希找出退烧药让他服用，接着又给他贴了块退烧贴，然后静静地守在他身旁。

"小希。"

"嗯？"

"有妳在我身边，我感觉幸福。"

"说什么傻话？你赶紧好起来才是真的。"

"不，等我好起来，妳又要将我推得远远的，所以我宁愿长病不起。"

真是一语成谶！不到一小时，柳昜便出现喘息加重、呼吸困难、咳浓黄痰等症状，很明显，感冒引发了他的哮喘。

事不宜迟，夏小希递上喷雾剂后，紧接着呼叫救护车。

当车子抵达医院后，柳昜立即被推进急救室。

"柳昜，你一定得好起来！"夏小希边祈祷边拨打柳老板的手机号。

柳老板一听说儿子进了急救室，立马驱车前来，同行的还包括夏小希的母亲。

"情况怎么样？"柳老板一见夏小希就问。

"现在回到观察室了，但还不能见访客。"

"怎么忽然就这么严重？"夏母喃喃道，"小希，柳昜昨晚还好吗？"

昨晚，夏小希正与杨泽岩缠绵着，压根儿不知道柳昜在自己的房外守到天亮。

"还……还好。"她心虚地答。

"不关小希的事！"柳老板持平地说，"很多情况都会引发哮喘，譬如天气变化或空气污染。摊上这病，就得时刻提心吊胆，小希，辛苦妳了。"

夏小希没料到柳老板兜了一圈，又点名到她，还是以一种令人汗颜的方式。

"哪里，我什么都没做。"她说。

"妳能答应与柳易共度一生就已经很好了，无需再做什么，如果他的亲生母亲还在，也会感谢妳。"

听此言，夏小希总感觉哪里怪怪的，柳老板似乎话中有话，果然等夏母一离开，他便问她那两百万元是怎么回事？

夏小希的心喀噔了一下，不久前，杨泽岩才说自己事忙，取消晚上的见面，她完全没想到在如此繁忙的情况下，他还抽空汇了款。

"你收到了？"她问。

"收到了。"

"那钱……是我向朋友借的。"

"还钱的用意是什么？解除婚约？妳就不怕柳易伤心？"

这事原本就不该怪夏小希，她是被赶鸭子上架，如今还遭到道德绑架，此时的她也顾不了那么多了。

"你担心儿子伤心，人之常情，但我呢？谁来同情我？"

"我以为柳易足够优秀，而我们柳家的条件也不差，怎么到了妳眼里，就什么都不是？"

"别模糊焦点，兄妹之情哪能变成男女之爱？这是按牛头喝水，太强人所难了！"

柳老板见大势已去，只能退一步央求夏小希保密，直到柳易康复后再谈解除婚约的事。

"没问题。"她豪爽地答应下来。

夏小希以为这是她和柳老板之间的秘密，岂知隔天一早，她母亲便打电话质问："柳老板说的可是真的？"

"他说了什么？"她反问。

"他说妳找人还清了两百万元，并且解除与柳易的婚约。"

夏小希心想既然柳老板什么都说了，她也无需隐瞒，索性承认了。

"那个姓杨的是妳什么人？"她母亲接着问。

夏小希一时迷糊，怎么柳老板连这个也知道？后来再一想就明白过来了，汇款单上不是写了汇款人姓名吗？

"他是我的……好朋友。"夏小希答。

"男朋友？"

"……嗯！"

"能出两百万元，妳肯定跟人睡了。"

夏小希没料到母亲会如此粗鄙，把一件浪漫唯美的事说成了交易。

"我和他是真感情，与钱无关。"

"无关？"她母亲冷哼一声，"他有没有让妳写欠条？"

"没有。"

"附加条件？"

"没有。"

"那就奇怪了。"

夏小希想不通这有什么好奇怪的？两人相爱再纯粹不过，换位思考，哪天她有能力了，杨泽岩若需要帮忙，她也会鼎力相助。

针对这样的剖析，夏小希的母亲根本不买单，还说自己的女儿蠢，舍弃一条康庄大道，反而走向荆棘密布的羊肠小径……

"就算是，路是我选的，怎么也会走完，所以不劳妳费心！"她说。

"妳就会气我！到时候别哭着求我替妳擦屁股。"

她母亲愤然挂断电话后，夏小希喃喃道："谁求妳了？自己的日子都过得乱七八糟，反倒教训起我来。"

第五十二章/遇上麻烦

中午，杨泽岩约夏小希晚上一起吃饭。

由于夏小希的母亲和柳易的父亲正在上海，她不想被撞见（虽然这样的机率并不高），所以找了个借口推脱。

"两百万元我已汇出去，对方应该收到了。"杨泽岩又说。

"已经收到了，谢谢！"夏小希答。

"已经收到了？那妳还不跟我见面？"

夏小希忽然想到母亲说过的话——有没有附加条件？

"这是两百万元的附加条件吗？我的意思是随传随到。"

"妳想到哪里去了？我不过是开个玩笑。"杨泽岩停顿了一下，"既然妳晚上有事，改天再见也一样。"

挂断电话后，夏小希仍心情微恙，显然，她母亲的负能量已传染给她，让她成为令人讨厌的人，而这是她最讨厌的事。

到了晚上，夏小希的母亲打来电话，让她上医院一趟。

"不去！"她答，"今天早上才见过，总得把晚上留给人家父子。"

柳易已转入加护病房，而加护病房的会客时间一天只有两次，分别为上午 11:00～12:00 和晚上 19:30～20:30。

"是柳易想见妳。"她母亲声明。

"我说了，今天早上才见过。"

"见过又想见，妳就不能迁就一下病人？"

如果病人都能得到优待，夏小希宁愿自己也生病了，但任性的话只能想想，真要说出来，反倒显得幼稚。

"我把话说在前头——我和柳易没戏，现在所做纯粹是配合你们二位大人。"她说。

"知道了，妳赶紧过来。"

夏小希打车抵达医院时，会客时间仅剩十分钟，她几乎是跑着进加护病房。

见夏小希进来后，柳老板和夏母很识趣地离开。

"什么事急着见我？"她问。

"我明天转入普通病房，会客时间改为上午10点到晚上九点。"

"就这？"

"我怕妳扑了个空，又怕妳11点才来。"

"你可以让我妈传话呀！"

"我想亲口告诉妳……事实上……是我想妳了，早上见过又想见，怎么办？"

一句"怎么办？"让夏小希很是为难，她已不再是他的新娘，而他还不知情。

"你好好养病，"她假装整理他的被褥，好掩饰心里的慌乱，"别胡思乱想！"

柳易趁机抓住她的手，说："谢谢妳没有放弃我。"

这是什么跟什么？夏小希只觉得心烦意躁，还好护士及时通知会客时间已到，让她有了喘息的机会。

隔天，夏小希死活不肯再去见柳易，是柳老板低声下气地求她，她才又勉为其难地出现。

"等我出院了，我们去选订婚戒指，听说女孩子都喜欢Tiffany和Cartier。"柳易说。

"随便。"

"订婚只有一次，可不能随便。"

"那就Tiffany。"

讲完订婚戒指，柳易又提到订婚宴，虽然夏小希说过想低调，但他家比较老派，"偷偷"订婚不合适，还是得请客，就5桌，只请亲朋挚友。

"不多，是吧？"柳易问。

"……嗯！"

"订婚宴吃潮汕菜，妳觉得如何？"

"……好。"

"对了，哪天我们一块儿去试菜，如果觉得哪道菜不好吃，还来得及更换。"

至此，夏小希的忍耐力已达到极限，她推说自己肚疼，转身便逃离医院。

"到哪儿？"出租车司机问。

夏小希现在最想见的便是杨泽岩，于是说出小区名称。

当杨泽岩到家时，夏小希已在床上等他。

"什么事急着见我？"他问。

夏小希什么话也没说，而是以行动代替。事后，他俩躺在床上大喘气。

"小希，妳是不是遇到什么麻烦？"他问。

"为什么这么说？"

"直觉，否则妳不会这么……狂野。"

夏小希的确遇到了麻烦，她的麻烦是无法面对柳易。

"没遇到麻烦，只是想你了。"

"那就好。"杨泽岩下床穿衣服，"我得回公司了，妳何时搬过来？"

"你希望我搬过来？"

"当然。"

夏小希现在住的房，租金还是柳家付的，一旦事情说开后，自然不好再继续住下去。

"我得打包一下，就这一、两天吧！"她答。

杨泽岩听完大喜，在她的脸上小啄一下后，出门去了。

第五十三章/一石二鸟

想当初说好只收留3个月，如今好几个月过去了，加上夏小希就要搬进来，为了屋檐下的和谐，杨泽岩不得不下最后通牒。

"是不是那个女人要你这么做的？"杨泽颜火冒三丈地质问。

"与她无关，我和妳约的是3个月，早过期了。"

杨泽颜根本不信，夏小希没出现之前，一切都好好的，现在她一来，哥哥就下逐客令，天下哪有那么凑巧的事？

"我没钱，你让我搬到哪里去？"杨泽颜开始耍无赖。

"妳可以回新加坡，或者搬到老黑那里去。"

杨泽颜的男友Sam是一名来自非洲的留学生，住的是学校宿舍的二人间，除非他的室友眼瞎兼耳聋，否则根本不可行！

"我不搬，"她坐了下来，"除非你帮我租一个，还是允许养宠物的那一种，否则马哈就留给你养。"

由于清楚妹妹的德性，杨泽岩懒得纠缠，不到一天就租下一个"宠物友好"的老公房，快速把瘟神送走。

原本这是皆大欢喜的事，可是杨泽颜却一点儿也高兴不起来，因为新住处档次低，既没有健身房，也没有游泳池，装潢还像八○年代，连瓷砖都是复古小花砖。

杨泽颜把这些罪过都安在夏小希的头上，若不是她，哥哥也不会翻脸不认人，于是一个邪恶的念头产生了……

"杨小姐，妳来了，今天找谁做指甲？"庞娟笑问来客。

"今天我找老板娘做指甲。"杨泽颜答。

"我可没我们的美甲师技术高超喔！"

"妳谦虚了，我看上回妳替夏小姐做的就挺好的。"

"妳说夏小希？哈！她是我闺密，就算做得再差，她也不吱声。"

把话题成功引到夏小希身上后，一切就水到渠成了——杨泽颜顺利拿到想要的私密信息，包括夏小希的家境不好，曾做过代驾，母亲与雇主不清不楚，还有个对她穷追不舍的男知已……等。

"女生做代驾很辛苦吧？！"她故意问。

"嗯！尤其她做的是酒后代驾，熬夜是必须的，当然辛苦。"

"那……会不会被人揩油？"

"妳指毛手毛脚？女生难免的啦！尤其佟姐的楼上客人又多半不老实。"

"佟姐？楼上客人？"

"瞧我，越讲越多，反正啊！为佟姐工作来钱快，妳自行脑补吧！"

虽然老板娘有所保留，但杨泽颜已经猜出一二——代驾不过是个幌子，实际就是卖淫。

这个发现让杨泽颜的精神为之一振，她迫不及待要撕开这个婊子的真面目，可是只告诉哥哥还不解气，最好能一石二鸟。

"妳说夏小姐还有个对她穷追不舍的男知己……"

杨泽颜把话说到一半，好让庞娟将话接下去，后者果然上当了。

"他叫柳易，条件很好，是夏小希的母亲的雇主的儿子，两人就要订婚了。"

杨泽颜听完，无比畅快，原来订婚是真的，而这个女人脚踏两条船也是真的，简直不要脸透了！

庞娟一看杨小姐的脸色，立马知道坏了，赶紧亡羊补牢："妳别误会，订婚的事还说不准，小希仍是自由的，还有，虽然她曾做过代驾的工作，但一直洁身自好，跟别的女生不同。"

这样的澄清在杨泽颜听来就是"越描越黑"，不仅没洗白，反倒坐实她之前的猜测。

"我没误会啊！有蓝颜知己很正常。对了，这个男人是做什么的？在哪里上班？"

"他还是个大学生，放暑假了，理应回老家去，可是为了夏小希，他又回来了。"

"妳的意思是——他人在上海？"

"正确地说是入院了，哮喘。"

杨泽颜还想进一步套出医院名称，可惜庞娟也不清楚，不过这难不倒杨泽颜，因为有名有姓有病因，还怕查不出来？

"谢啦！"杨泽颜审视自己刚完成的美甲，"妳做的不输真正的美甲师。"

庞娟呵呵呵地笑，丝毫不掩饰内心的得意。

第五十四章/互别苗头

杨泽颜以朋友的名义拜访柳易。

"我们……认识吗？"柳易一见面就问。

"不认识，但不这么说，医院不给进。"她答。

柳易思考了一下后，问她有什么事？于是杨泽颜把一早排练过的台词全背出来。

"好了，我知道了，妳可以离开了。"他说。

杨泽颜没料到这个男人在听到夏小希的丑事后，竟然还能如此平静，甚至对报料人下逐客令。

"你……不生气吗？"她问。

"我当然生气，因为妳无端闯入，并且讲了一些莫名其妙的话。"

"我说的都是真的。"

"在我按铃前，请妳主动离开，否则就难看了。"

没达到预期的效果，杨泽颜心情大坏，转身悻悻离去。

待人走后，柳易陷入无边无际的黑暗之中，他一心守护的玫瑰如果真的心有所属，这是最伤的，至于"借代驾之名，行肮脏交易之实"，以他对夏小希的了解，机率为零，可以忽略不计。

几个小时后，夏小希来送晚餐，柳易打起精神应对。

"医院说你明天上午就可以出院了，"夏小希把便当盒放在可移动的桌子上，"意思是明天下午你就能回到家中。"

"哪个家？"

"当然是……老家。"

"妳也一起回吗？"

这句话把夏小希问住了，她不仅没有回老家的计划，而且打算等柳易一离开上海，就要搬去与杨泽岩同住。

"不了，我还有事要忙。"她答。

"可是我们就要订婚了，也有很多事情待办，譬如买戒指和试菜。"

夏小希曾答应柳老板等他儿子康复后再道出真相，如今柳易仍在医院里，严格来说，还不是时候。

"我……"

夏小希话还没答完，柳易便改主意，说："没关系，妳有事就先忙吧！"

隔天，当夏小希正收拾行李时，柳易赫然出现，把她吓得花容失色。

"我想了想，"柳易说，"戒指可以在上海买，试菜也不用本人去试，咱俩的父母可以代劳。"

"你的意思是……"

"我搬过来与妳一起住，"柳易拉着行李箱进屋，"这沙发够长，我就睡沙发吧！"

与此同时，柳易也看到地上有几个摊开来的行李箱，但他选择忽视。

"你说过你不会搬过来。"夏小希表情严肃地说。

"我们就要订婚了，何必如此生疏？"他环顾四周，"这屋子看着有点儿脏，我先打扫一下，等打扫完，我们再一起出去吃饭，好吗？"

夏小希一时不知该如何回答，只能默许，等她想到对策时，柳易已打扫完毕。

"想吃什么？"柳易问。

"咱们别出去吃了，我在家随便煮煮。"她答。

"那太好了！这是妳第一次为我做饭，我很期待。"

夏小希的厨艺不佳，一向外食或点外卖，但泡个面还是可以的。

等他俩都坐下来吃面时，夏小希把准备好的话说出，包括两百万元已归还，她还年轻，想多看看外面的世界，订婚和结婚的事就算了等等（压根儿没提杨泽岩）。

"妳泡的面就是好吃，比外面的强多了。"柳易说。

"我的话你听进去了没？"夏小希着急问。

"听进去了，不就是取消订婚和结婚嘛！有什么大不了的？"

夏小希一听大喜，赶紧声明他俩还是好朋友。

"既然是好朋友，那么我暂住几天，妳不反对吧？"

夏小希当然反对，但找不到合情合理的理由，毕竟租金还是柳家付的，只能先搞清楚他想暂住几天再做定夺。

"五天吧！等我访友完毕就回老家去。"柳易答。

夏小希心想五天应该还能忍受，所以答应下来，但杨泽岩这边就不开心了。

"怎么还得等五天？"他问。

"因为……朋友忽然来访，不好这时候搬出去，所以……"

"妳的朋友是男是女？"

以夏小希的个性，明说才是上策，可是住进来的是容易引起误会的柳易，这就难了。

"……女的。"

"真的？"

"……真的。"

当杨泽颜道出夏小希的丑事时，做为哥哥的杨泽岩呵呵一笑（这与妹妹过往的满口胡言脱不了干系），如今夏小希慢半拍的回复倒让他起疑，于是温存过后，杨泽岩提议送她回家，借以一探虚实。

"不用了，打车很快的。"夏小希说。

"我反正要出去买瓶酒，送妳一程正好。"他答。

纵使夏小希有一万个不愿意，杨泽岩就是铁了心要送她，她只能答应下来（再不答应就太离奇了，难免让人生疑）。

车子抵达目的地后，夏小希赶紧下车，哪知有两个男人同时喊她，一个在车内，一个在二楼阳台。

夏小希无比惊慌，顾不上车内人，快速奔进楼里去。

杨泽岩抬头一望，那个男人也正看着他，颇有互别苗头的意味。

第五十五章/消失的他

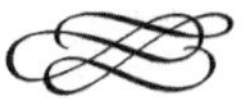

夏小希铁青着脸回到屋内，柳易问："送妳回来的那个人是谁？"

"我的男朋友，有问题吗？"她反问。

"如果他是妳的男朋友，那我算什么？"

"你什么也不是。"

一答完，夏小希即刻进房间打电话，可是杨泽岩却不接听，看来是真误会了。

正当夏小希思考该如何挽回局面时，柳易也在思考同样的问题，他苦恋了这个女人十多年，结果却被另一个男人给夺走了，那滋味太难受，足以摧毁他整个人生……

柳易越想，情绪越低落，开始剧烈咳嗽，这惊动了夏小希，她走出房间察看。

"你怎么了？"夏小希蹲下身，"是不是哮喘又发作了？"

柳易继续咳嗽，没有回答她的提问，不过看样子应该是
了。

"你的喷雾剂呢？"她边问边去翻柳易的包，"怎么找不
到？"

此时的柳易视死如归，恨不得就这么挂了，因为夏小希
的态度说明了一切，让他彻底失去求生欲望。

"我求求你了，"夏小希急得像热锅上的蚂蚁，"快告诉
我喷雾剂在哪儿？"

柳易仍拒绝回答，直到咳出黄痰，同时喘不过气来，夏
小希才放弃"从病人口中得到答案"的想法，赶紧拨打急
救电话。

二度被送进急救室，而且中间只相隔几天，不仅柳老板
不解，连医生都觉得奇怪。

面对质问，夏小希无言以对，因为再怎么解释也难辞其
咎。

待柳易被推进观察室，而柳老板又被医生叫走，夏母才
趁机问女儿："医生说柳易很可能是情绪性哮喘，是不
是那件事东窗事发了？"

"东窗事发"这个成语指的是"不可告人的秘密"被揭发，
带贬义之意，而夏小希不认为她的爱情有什么见不得光
。

"不是东窗事发，而是真相大白，他们两人见面了。"
她答。

"见面了？"夏母很是惊讶，"所以他俩发生肢体冲突，
导致柳易哮喘复发？"

"妳想到哪里去了？"她睨了母亲一眼，"他们连话都没
说上，哪来的肢体冲突？"

"连话都没说上，还能让柳易情绪激动，妳肯定说了什么？"

哈！知女莫若母，还真被说中了。

当夏母得知女儿口不择言时，立即端出陈词滥调——像柳易那么好的人却不珍惜，以后有苦头吃了。

夏小希也知道自己说话过分，但有时真的是形势逼人，她也不愿那样啊！

没想到夏母一语成谶，接下来的日子，夏小希真的吃到苦头了——杨泽岩开始玩失踪。

心高气傲的夏小希哪受得了这个？她上门讨要说法，结果却被拒之门外（大门密码换了）。在敲门无果后，她只能落寞而归。

另一厢，"躲"在屋内噤声的杨泽岩则心情复杂，夏小希的留言他看了，虽然清楚大概的来龙去脉，但他仍选择"隐身"，因为这个突发事件让他开始思考很多问题，包括把人圈养起来是一回事，娶回家又是另外一回事，还有，他与夏小希的背景差太多，她又与某个男人有十几年的交情，这些都不容忽视，想想就令他不寒而栗。

由于一直拿不定主意，当公司有个出差美国的机会时，他果断毛遂自荐，心想逃离漩涡，也许有助他看清楚事情的本质，从而做出最有利的决定。

然而杨泽岩的自以为是却害苦了夏小希，她已经将事情的前因后果都交代了，换来的却是"人间蒸发"，怎不令她往最坏的方向想去？

"相信我，"庞娟边替夏小希护甲边说，"男人只要玩起失踪，大概率是黄了，妳可千万别试图挽回，因为变心的男人就算用八匹马去拉，也拉不回来。"

"谁想挽回了？失去我是他的损失。"

庞娟看了一眼对方神色，知道这是在逞强，遂不再穷追猛打，转而问起柳易的近况。

"开学了，他当然上学去了。"夏小希答。

"你俩有没有下文？"

"也就那样，没什么变化。"

话说得云淡风轻，但事实却非如此，这当然与夏母的"通风报信"不无关系。

"柳易，小希与那个男人已经断了联系，如果你的心里还有她，这是最佳时机，你可要好好把握啊！"

夏母的话让柳易看到了一丝希望，所以毫无怨言地做到一个"男二"所能做到的最大值，说是把整个身心都交付出去，一点儿也不为过。

夏小希不是木头，柳易的努力她看到了，心态也开始产生变化——既然不能爱她所爱，那么被人无条件地宠爱着又有何不可？

所以当柳易第N次邀她共进晚餐时，她答应了下来，并且将用餐地点设在家里（是的，夏小希仍住在柳家为她租下的房子里，因为囊中羞涩，她又没了打工动力之故）。

"可以，但妳无需动刀铲，我带外卖过去。"柳易说。

"好的。"

挂断电话后，夏小希整暇以待。

第五十六章/枯萎的花朵

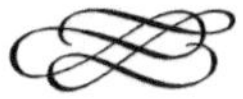

为了两个多月以来的首次破冰行动，柳易不惜花重金买来omakase便当。

"这是什么？好漂亮呀！"夏小希说。

便当装在橙红色的手提袋里，有玛瑙红和钢琴黑两色盒子，分别系上黑丝带蝴蝶结，高级感十足。

"这是omakase。"柳易解释，"在日语中是'拜託了'的意思，同时也指'厨师发办'，也就是想品尝美味，但又没有特定想吃什么的时候，就交由厨师来决定菜单。"

"也就是说你也不知道便当盒里装着什么，像开盲盒一样？"

"完全正确。"

夏小希第一次遇到这种情况，所以踌躇了一会儿。

"妳选啊！"柳易催促着。

于是她选了玛瑙红的那一个，打开一看，里面有十贯寿司，看起来都非常新鲜，让人食指大动。

"你的呢？"夏小希问。

柳易打开钢琴黑的盒子，里面装的是海胆炒饭，上面还有两坨完整（没炒散）的海胆。

夏小希早听说海胆贵（一来营养价值高，二来捕捞难度大），依据"同一家餐厅出品的便当，价格应该相差无几"的原则，这两份便当想必都是高价位。

"贵吧？"她问。

"嗯！"

"其实楼下的东北盒饭也不错，15元一盒。"

怕夏小希误会他乱花钱，柳易赶紧澄清他平时也舍不得吃那么贵的，但特殊日子不一样。

"今天不是节日，也不是我俩的生日，哪里特殊了？"夏小希问。

"我们已经有76天没有面对面，今日首次见面，难道不特殊？"

柳易精准地说出日数，代表他很在乎这件事；再往深里想，夏小希差不多也与杨泽岩失联76天了。

"妳怎么看起来有点儿悲伤的样子？"柳易问。

"日子过得好快，"夏小希打起精神应对，"也许一眨眼，我就成了老太婆，怎么快乐得起来？"

"如果妳成了老太婆，我便成了老爷爷，不要紧，咱们一起变老。"

用餐过后，他们又吃了夏小希从超市买来的瑞士卷，本来事情到此已告一段落，柳易可以回宿舍去，可是夏小希却留住他。

"那好，我睡沙发。"他说。

到了深夜，夏小希主动过来与他挤一块儿，柳易只好侧身，以便她能躺得舒服点儿。

四目相望后，柳易给了她一个吻，轻轻的，却得到夏小希的热情回应。

"小希，妳确定要？"他问。

"嗯！"

当阴阳调合后，他俩彼此各有所思。

柳易想的很单纯，那就是他得为夏小希负责；反观夏小希，她想的可多了，首先，柳易把第一次给了自己，代表他是个始终如一且不滥情的人；其次，虽然与柳易的第一次还算顺利，但她明显更希望与杨泽岩共赴巫山云雨，果然身体是骗不了人的，爱与不……那么爱，泾渭分明。

戳破那层窗户纸后，夏小希与柳易算是正式开始"半同居"的生活。至于为什么是"半同居"？那是因为柳易的学校比较远，课后又常有活动，所以星期一到星期四住校，等到周五才与夏小希同住。

针对此安排，夏小希并不反对，事实上，即使是反着来，她也同样不反对，反正天天难过，天天过，只要熬到两脚一蹬的那一天，也就解脱了。

夏小希的日益消沉，柳易也感觉到了，但他以为这是一段适应期，过了就会坦途一片，所以依然对未来的美好生活充满信心。

"我走了，"柳易说，"这个星期五见。"

"好。"

"爱妳！"

"嗯！"

柳易亲吻一下夏小希，然后走入周一的朝曦里……

第五十七章/绝处逢生

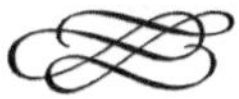

一转眼，夏小希大学毕业了，由于柳易晚了一年入学，他俩商议等明年柳易一毕业就结婚。

这一天，柳易说想送夏小希一个毕业礼物，两人上街去，就在国金中心商场内，一个怀里抱着一个黑小孩的女人与他俩擦肩而过，夏小希忍不住回头望。

"妳认识？"柳易问她。

"……不认识。"

哪知兜了一圈又遇上，这次杨泽颜认出她来了。

"看来妳的日子过得挺好的，"杨泽颜又看了一眼那个橙色袋子，"买到想要的包没？"

"没，得先配货。"

"是的，他家是1比1.5，也就是一个10万元的包，得买5万元的配货，总共得花15万元才有可能把包拿下。"

夏小希原本也没想要那么贵重的礼物，但柳易说毕业是大事，既然要买，当然得买个天花板级别的。

此时，杨泽颜怀里的娃开始哭闹，两人不得不匆匆道别。

"她是谁？"柳易问起远去的人。

"庞娟美甲店的客人，我也不太熟。"

一场偶遇就这么结束了，夏小希不知道的是此刻她魂牵梦萦的男人也在商场里……

"Jack怎么还哭？"杨泽岩说，"不是看到熙熙攘攘的人群就不哭了吗？"

想当初，杨泽颜不听劝阻，执意生下与男友Sam的爱情结晶，被家人列为"拒绝往来户"之后，只能依靠哥哥，目前两大一小（外加一条狗）住在能看得到江景的商品房内。

"本来没哭，结果看到不该看到的人，又哭了。"杨泽颜解释。

"不该看到的人？谁呀？！"

"夏小希。"

听到这个名字，杨泽岩激动得拿不稳咖啡杯。

"小心你的咖啡！"杨泽颜护住自己的裙子，"我的这条裙子可贵了。"

杨泽岩不予理会，急着问她是在哪里见到夏小希？

"十分钟前还在一楼，现在在哪里就不清楚了。话说回来，你俩还是不见为妙，她已结婚，老公看起来很宠她，还给她买昂贵的包。"

一听说夏小希结婚了，杨泽岩像泄了气的皮球，没想到杨泽颜继续落井下石。

"其实就算夏小希没结婚，以你目前的状况，大概也难。"她说。

"知道了，"杨泽岩垂头丧气的，"这件事不提了。"

时间回到当年至美国出差时，杨泽岩为了抢回自己的手机，挨了抢匪一刀，由于伤及腰部神经，造成左腿肌肉永久性损伤，现在走路一瘸一拐，已难再现当年的风采……

以杨泽岩那样骄傲的个性，又怎会让自己以如此不完美的形象出现在夏小希面前？这也是他回到国内后继续"失联"，同时火速搬家的原因。如今听说夏小希已婚，他内心仅有的一丁点儿希望已然幻灭，是时候斩情丝了。

然而越让自己不去想，杨泽岩就越难以忘怀，朝思暮想的结果，他开始有了抑郁倾向，这大大影响到工作。公司领导建议他休假两周，如果届时还是无法回到原来的状态，那么抱歉了，只能另谋高就。

听说哥哥为了夏小希，极可能丢了工作，杨泽颜如临大敌，因为她全家（一人一狗一baby)都仰赖哥哥过活，这棵大树可不能倒呀！

"哥，我要向你坦白一件事——夏小希有没有结婚还不一定，我只是感觉她可能结婚了。"

"什么意思？"

"意思是她可能结婚，也可能没结婚，你何不亲自问她？"

知道妹妹张口胡言后，杨泽岩又燃起了希望，可是……

"我知道你担心什么，"他妹妹说，"如果夏小希在意你腿瘸，说明她不是真心喜欢你，那么趁机把两百万元要回来吧！你的钱又不是大风刮来的，何必花在不值得的女人身上，你说是吧？！"

杨泽颜不提，他还真忘了那两百万元。

"好，我就去问她两百万元的事。"杨泽岩答。

第五十八章 / 爱能化解一切

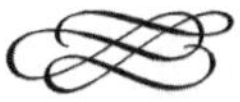

杨泽岩并不在乎那两百万元，之所以这么答是因为这是唯一的借口，能让他光明正大地去找夏小希……

失联近两年了，杨泽岩不知夏小希是否还住在原来的房子里，他思忖着如果她搬家了，便向房东或邻居们打听，再不济，还能直接问本人（如果夏小希的社交平台账号没变的话），总会有办法的。

当他站在楼底仰望二楼阳台时，不远处有人因停车问题吵了起来，而且越吵越凶，杨泽岩的注意力一下子转移了，当他重新将视线移回到二楼阳台时，没想到看到久违的人……

起初，夏小希并没有注意到他，直到将目光从闹剧中移开，她才发现了杨泽岩，两人四目相对，天雷立即勾动地火。

"怎么回事？"柳易闻声走向阳台。

"没什么。"夏小希立即将柳易推回屋内，"不过是吵架，没什么好看的。"

当杨泽岩见到阳台上出现第二人时，他的心down到了谷底，原来夏小希真的结婚了，这还有什么盼头？

正当杨泽岩踌躇着该不该离去时，夏小希出现了。

"别说话，跟我来。"她快速丢下这句话，然后径直往前走去。

杨泽岩一语不发地跟在后头，样子很是狼狈。

夏小希直到走到某小学后门才止步，同时也留意到走路"奇怪"的杨泽岩。

"你的脚……"她问。

"前几天跌跤了，不碍事，很快会好起来。"

夏小希听完后释然了，但另一种情绪却爬上心头。

"为什么找我？是不是你妹说了什么？"她又问，

"她说妳结婚了，所以我过来探一探虚实。"他停顿片刻，"妳果然结婚了，是吗？"

夏小希的第一反应是否认，但那么许久未见，杨泽岩连问候一声都没有，劈头就问她有没有结婚，世上哪有那么粗鲁的人？

"是的，我与青梅竹马结婚了，这还得感谢你，是你把我推给了他。"

任何人都听得出话里的阴阳怪气。

"那就好，我还怕妳等我，耽误了终身大事，这罪过可大了，我承担不起。"他说。

夏小希冷哼一声，心想果然是渣男啊！

"你找我就为了问我有没有结婚，你就这点儿出息？"她讽刺。

"当然不是，我还想要回我的两百万元。"

话一答完，杨泽岩就后悔，因为这不是他的本意。

夏小希本来还怀着希望，听杨泽岩提钱，她为他精心打造的梦幻城堡轰然倒塌。

"是的，两百万元不是个小数目，当然得要回来。你放心，今日我便叫……叫我老公将钱汇给你。"夏小希的喉咙发干，"你还有别的事吗？"

"……没。"

"那我走了。"

当夏小希走到巷口时，杨泽岩才意识到他将失去什么，用尽全身力气喊着："小希，我爱妳。"

本来夏小希边走边流泪，听到杨泽岩说爱她，立即停下脚步。

见状，杨泽岩一瘸一拐地"跑"向她，将她搂在怀里。

"对不起，我伤了妳。"他说，"两百万元我不要了，世俗的束缚我也不要了，我只要妳，好不好？小希。"

一句"好不好？"让夏小希破防了，她泪如雨下。

"别哭！"他拭去她的眼泪，"看妳哭，我的心好痛。"

夏小希哪舍得杨泽岩心痛，她紧贴他的心房，想听听爱的心跳声，两人就在阳光下合为一体，谁让他们还深深爱着彼此……

第五十九章／正面交锋

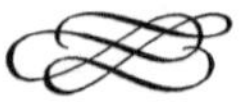

夏小希与杨泽岩为爱和解了，剩下的就是枝枝节节的事，可怜的柳易还不知情，依旧沉浸在自己的"甜蜜幻想"中……

"小希，我得赶写毕业论文，这礼拜就不过去了。"他说。

"太好了！"

"太好了？"

"我的意思是……毕业论文重要，其他都是小事。"

知道柳易这周都不会出现，夏小希连忙跑去找杨泽岩，由于他也正处休假中，两人一合计，来了一场说走就走的旅行。

当他两在巴厘岛游山玩水时，柳易正孜孜不倦地准备毕业论文，双方都相安无事，直到飞机飞抵国门，夏小希随意的一句问话，这才掀开了遮羞布。

"明天你就得回去上班，那脚怎么办？你应该再多请几天假才是。"她说。

针对自己的休假问题，杨泽岩给出的解释是——请的是病假，因为腿伤。

眼见这个借口支撑不了多久，加上两人的关系已经回到水乳交融的状态，杨泽岩认为时机成熟，是时候坦白了。

"小希，我得告诉妳一件事，妳准备好了吗？"

看杨泽岩一本正经的样子，夏小希打了个寒颤，但仍假装镇定地答："你说吧！我听。"

于是杨泽岩把事情本末道出，强调这也是他没有勇气去见她，以致一别就是一年多的原因。

"你的意思是你的腿好不了，永远是一瘸一拐的状态？"她问。

"是的。"

夏小希倒吸一口凉气，怎么杨泽岩"忽然"就成了瘸子？

"妳在意吗？"他问。

如果说夏小希不在乎，那是骗人的，好比过去几天，正因为杨泽岩走路不方便，他们不得不放弃很多爬山涉水的景点，如今得知这是永久性伤害，代表从今以后她将面临生活上的诸多挑战。

"事情来得突然，能不能让我好好想一想？"夏小希说。

"当然。"他停顿了一下，"妳放心，我只是腿瘸了，赚钱的能力还在，这点妳大可放心。"

夏小希苦笑着，不知做何回答。

当出租车来到夏小希的租处时，她下车去取行李，杨泽岩则待在车内，因为腿脚不方便之故。

等夏小希拿上行李，杨泽岩按下车窗，说："小希，我们晚点儿通电话。"

"好。"

待出租车离去后，夏小希拖着行李箱进屋，这才发现屋内有人。

"你……怎么来了？"她问。

"想妳了，所以过来看看。"柳易看了一眼行李箱，"妳去哪儿了？"

夏小希不知柳易何时到，所以很难编造出"圆满"的谎言。

"我……我跟庞娟去了一趟巴厘岛。"

"庞娟？"

"是的，就是开美甲店的那一个。"

"当然是开美甲店的那一个。"柳易笑得很勉强，"好玩吗？"

"好玩。"

由于杨泽岩说过待会儿通电话，怕露出马脚，夏小希未雨绸缪地关掉手机，然而正是因为这个举动，让杨泽岩有了不好的预感（他担心屋内进了不良份子），直接杀回去一探究竟。

夏小希万万没想到来者竟是杨泽岩，心都跳到嗓子眼了。

"这是……"柳易问。

杨泽岩同样也没料到柳易会在家，照夏小希的说法，他应该周五晚上才会到。

"我是杨泽岩，小希的朋友。"他落落大方地答，但难掩心中的慌张。

"既然是小希的朋友，那么请进。"

夏小希从未想过这样离谱的事竟然会发生在现实生活里，吓得脚底抹油……

"妳就让那两个男人厮杀？"庞娟睁大眼睛，"妳好狠啊！"

"不然能怎样？难道一起加入谈判？"

"说的也是。"庞娟大叹一口气，"我要是妳，早躲到天涯海角，这他妈的也太为难人了。"

夏小希也想逃到天涯海角，奈何不能。

"妳现在打算怎么办？"庞娟问。

"以不变应万变啰！妳能收留我几天吗？"

庞娟是讲义气的，朋友有难，当然得伸出援手，但她的房目前成了员工宿舍，充其量只能让夏小希暂住在美甲店里。

"那也行，我就凑合着住吧！"她答。

没想到隔天开门营业没多久，柳易就找上门来。夏小希看向庞娟，后者发誓她绝对没有通风报信。

"不关庞娟的事，是我猜妳在这里。"柳易澄清。

"看！我真的没泄密。"此时的庞娟松了口气，说话也有了底气。

"你想干嘛？"夏小希问柳易。

"我来接妳回家。"

一句话让夏小希感慨万千，接她的终究还是柳易。

"也好，东西都还在屋里呢！"说完，夏小希跟着柳易走了。

一句话让夏小希感慨万千，接她的终究还是柳易。

"也好，东西都还在屋里呢！"说完，夏小希跟着柳易走了。

第六十章/又一个误会

回家后，柳易像没事似的，依旧对她关怀备至。

"柳易。"

"嗯？"

"你有话对我说吗？"

"没有，妳有话对我说吗？"

"……有。"

"妳说。"

话到嘴边，夏小希又吞下，转而表示她也没有话要说，晚安！

柳易把灯关上后，一个翻身，压在夏小希的身上。

"今天不方便。"她说。

"妳的例假应该还没到。"

"不是那个，而是……"

"而是妳想为杨泽岩守贞。"

夏小希仿佛被甩了两巴掌，脸上火辣辣的。

"也许我们该好好谈一谈。"

"没什么好谈的，"柳易将手伸进夏小希的睡衣里，"妳欠我的。"

一番朝云暮雨后，柳易抱着夏小希哭得像个孩子似的。

"小希……求妳……别……别离开我…… 我……好爱……好爱妳……没有……妳……我……活……活不下去……"

"相信我，你没那么脆弱。"夏小希试着推开他，但越用力，柳易抱得越紧，"柳易，你压得我喘不过气来。"

此时的柳易才意识到自己太幼稚了，说了声对不起后，他放开了她。

"你是该道歉，光为了刚才的举动，我就有权告你。"

"如果换成杨泽岩，妳会为刚才的举动告他吗？"

听这话，夏小希愤然坐起，问："你俩说了什么？亦或做了什么约定？我是当事人，有权知道。"

"这句话应该由我来问，妳和杨泽岩说了什么？亦或做了什么约定？我是当事人，有权知道。"

一段话怼得夏小希哑口无言。

"妳答不出来，对吗？"他问。

"我答得出来，我和杨泽岩原本就是恋人，这没什么好回避的，至于做了什么约定……我们还未约定，你就和他见上面了。"

"真的？"

"当然是真的，这点我可以打包票。"

昨日，当夏小希逃之夭夭后，柳易和杨泽岩有了男人间的对话……

"我和夏小希约好了携手共度一生，希望你能成全。"杨泽岩说。

"我想听夏小希亲口对我说。"柳易答。

"这恐怕有难度，因为她不想伤害你。"

"你和她已经伤害我了，如果不是还有为人子女的责任与义务在，我恨不得杀死你俩。"

如今夏小希信誓旦旦地表示没有与杨泽岩做过任何约定，这让他稍感安慰。

"那么……妳会和他携手共度一生吗？"柳易继续问。

这是个大问题，夏小希还没想清楚。

"我不知道，现在脑子里一片混乱。"她答。

"好，我不给妳压力，不过请答应我——在做任何决定前，请先让我知道。"

这个要求不过分，夏小希答应了下来。

另一边，杨泽岩也不好过，因为休假回来后的第一天，他便丢了工作。

"邓总，这不公平，我还没开始工作，你不能断定我拖了团队后腿。"杨泽岩说。

"正因如此，公司才决定给你N+7的遣散费，这在业界已经算很高了。"邓总答。

杨泽岩要的是继续为公司创造价值，而不是遣散费，但他也清楚倘若连遣散费的多寡都已决定好了，反转的机会几乎为零。

就这样，杨泽岩抱着一箱个人物品离开公司，由于心情大坏，回家路上还差点儿撞到一对过马路的母女。

"Shit." 杨泽岩击打方向盘，"What a day！"

如果让杨泽岩冷静一段时间，也许事情还没那么糟糕，偏偏夏小希此时打电话过来，不偏不倚地撞在枪口上。

"我想见你。"她说。

"我不想见妳。"他答。

"什么意思？"

"听不懂吗？我不想见妳，现在不想，以后不想，永远也不会想……"

等电话那头传来挂机的声音，杨泽岩这才意识到闯祸了，再打过去时，已经无法接通，应该是已被对方拉黑。

"老天！我做了什么？"杨泽岩很是懊恼，"不行，我现在得专心开车，省得事情越发不可收拾。"

等他到家后，妹妹告诉他——Jack发高烧，得马上送医院。于是他又马不停蹄地开车上医院，又是验血，又是擦拭酒精，等一切都结束后，他也虚脱了。

"哥，怎么你今天提早回家？"杨泽颜一到家就问。

"不说了，我想休息一下，别吵我。"

杨泽岩这么一睡，直到次日中午才醒，随便下了碗面吃，等吃完后，他才开始思考未来的路该怎么走。

本来，他以为自己可以在这家公司工作到退休，怎料忽然被辞退，众所周知，中年男人想再另谋出路，难上加难；退一万步讲，回家族企业工作也不是不行，但隔行如隔山，他未必能胜任；再讲到夏小希，他当然爱她，但她会爱一个腿瘸又失业的男人吗？

想至此，杨泽岩摇摇头，不，纵使她愿意，他也不愿在爱情里当一个累赘，那比杀了他还可怕。

理清思路后，事情变得简单多了，那就是在他找到另一份收入相当的工作后，他才有底气去拥抱夏小希。

于是杨泽岩开始上网找工作，暂且把儿女情长摆在一边。

第六十一章 / 傻男人

杨泽岩说不想见夏小希，现在不想，以后不想，永远也不会想……

这让夏小希身心受挫，说是万箭穿心也不为过，而她的伤痛，柳易全看在眼里。

"小希，再过半年我就毕业了，等我毕业，咱们一起到美国。"柳易说。

"美国？为什么？"

"难道妳不想到一个陌生的国度重新开始？我研究过了，加州有华人一百多万，我们可以做华人的生意，譬如开民宿或饭馆。"

美国是一等强国，大把人都想往美国跑，这当中还包括夏小希的生父。

"我不知道，没想过这个问题。"她答。

"也许妳可以开始想一想，想好了，就得找中介办理商业移民，当然，夫妻一块儿申请会容易些。"

最后一句触碰到夏小希的敏感神经，她问柳易这是不是在向她求婚？

"我随时都准备好求婚，就等着妳点头。"他答。

庞娟知道柳易的计划后，也敲边鼓，她说如果事成了，她就能顺水推舟，把美甲店开到美国去，届时他们夫妻二人就是美甲店的股东。

"我还没想好要不要去，妳怎么就上纲上线了？"夏小希问。

"这么好的机会，别人求都求不来，莫非……"

"莫非什么？"

"莫非妳还在等姓杨的。"

夏小希想起杨泽岩的冷酷无情，不禁一肚子火，扬言就算全世界的男人都死光了，她也不会等他。

"那就好，腿瘸了又失业，嫁过去只会受苦……"

"妳说什么？"夏小希收回做到一半指甲的手，"谁……谁失业了？"

"杨泽岩呀！原来妳还不知情。"庞娟停顿片刻，"反正他妹是这么说的，我也不知真假。"

原来这就是杨泽岩对她残酷的原因，这个傻男人！

想至此，夏小希一刻也不愿耽搁。

"喂！妳上哪儿去？"庞娟喊着。

"找杨泽岩去。"

当夏小希抵达小区门口时，恰巧与杨泽颜打上照面，她正推着婴儿车。

"我哥不在。"她说。

由于领教过杨泽颜的信口雌黄，夏小希并不十分相信。

"妳信也好，不信也罢，反正妳也没房卡，进不去。"杨泽颜又说。

此话不假，于是夏小希试着拨打杨泽岩的手机号，发现打不通后，才忆起自己曾拉黑他，所以急着在黑名单上除名，可是……

"关机了，对吗？"杨泽颜冷笑，"他正在面试，怎么可能开机？"

原来如此！夏小希遂放下心来，也有余力与杨泽颜搞好关系。

"妳的宝宝叫什么名字？"她问。

"……Jack."

"多大了？"

"快一岁了。"

"一岁就长这么大？"

"呵！妳没看到他刚出生的样子，简直就是个小巨人，护士都说他将来会是篮球界的另一个MJ。"

夏小希不知道MJ是何许人，但这不碍事，因为她俩已打开话匣子。

谈了约莫十分钟后，宝宝开始哭闹起来。

"看来该喂奶了。"杨泽颜说。

"那好，再见！"夏小希答。

"等等，妳何不跟我回家去？我们可以继续往下聊。"

就这样，夏小希成功进到屋里去。

第六十二章/不负今生

杨泽岩进屋时，夏小希正在洗手间里。

"回来了，面试结果怎样？"杨泽颜问。

"还行，我希望他们最后选择我。"他答。

"我也希望他们最后选择你，毕竟Jack的奶粉钱还等着你这个舅舅付呢！"

两年了，杨泽颜一直依赖哥哥生活，以前收入高，杨泽岩少有怨言，但经此次变故（失业）后，他想的比较多，自然旧话重提，不外人要自立，靠山山倒，靠人……

"别说了，你无非想要我和Jack搬出去，好让别的女人住进来，对吧？"

当杨泽岩老生常谈时，倒没想那么复杂，既然妹妹给了答案，他就顺着答案往下发展。

"对，妳赶紧搬出去，好让夏小希搬进来。"

"你就那么笃定她会搬进来？"

"当然，因为我爱她，她也爱我。"

话一答完，杨泽岩见妹妹看向自己的身后，他遂转过身去，结果看到朝思暮想的人……

"妳……"他惊讶地说不出话来。

见此情景，杨泽颜识趣地带着儿子回自己的房间去。

当客厅里只剩两人时，场面有些尴尬。

"是你妹妹让我进来的。"夏小希解释。

"噢！"

"你要我离开吗？"

他摇了摇头，接着指向沙发，说："坐。"

夏小希挑了个远一点儿的位子坐下。

"我没有传染病，"杨泽岩苦笑着，"妳不用坐那么远。"

于是夏小希挪动一下位子，这次两人有一个手臂长的距离。显然，杨泽岩仍不满意，他主动靠过去，两人的大腿挨着大腿。

夏小希下意识往旁边坐，结果被一双强而有力的臂膀给拉了回来。

"为什么拉黑我？"他问。

"因为你说不想见我，现在不想，以后不想，永远也不会想……"

"那是气话。"

"可是后来你也没来找我。"

杨泽岩不清楚自己的妹妹有没有泄露他失业一事，所以有点儿不知该如何应对。

"你怎么不说话？"她问。

"妳先回答我——妳和柳易断了没？"

这次换夏小希无言以对。

"如果妳还和别人交往，我如何找妳？"杨泽岩说。

"所以我们之间的问题就只有柳易？"

"也不全然是。"他思考片刻，最后下了决定，"听着，我腿瘸了，也算残疾人，如今又失业，虽然我有信心找到薪水相当的工作，但这段求职期可长可短，妳要想清楚。"

杨泽岩说的腿瘸问题，夏小希每天都在想，现在又加上失业，她应该更焦虑才是，结果却相反，大概应验了那句话——虱多不痒，债多不愁。

"在你眼里，我就这么势利？"她问。

"妳不介意？"

"我当然介意，但……谁让我爱你？"

最后一句像一阵强风，瞬间就吹走了长久以来笼罩在杨泽岩身上的阴霾。

"谢谢妳，小希。"他无比坚定，"今生我一定不负妳。"

第六十三章/等妳回来

柳易不知道自己大势已去，依然做着美国梦……

"我认为你应该将精力放在学业上，而不是移民上。"夏小希说。

"不用紧张，我的论文已定稿，就等着答辩完封装，应该不会有什么问题。"

"你们也是6月下旬举行毕业典礼吗？"

"嗯！6月28日。"

夏小希心算了一下，还有40天。

"柳易，我想出去走走。"她说。

"我陪妳。"

"不，不要你陪。"她急着阻止，"不过你放心，我会在你的毕业典礼上出现。"

听这口气，夏小希打算离开一阵子，柳易当然想知道原因。

"我很早就想出国旅游。"她答。

女孩子独自旅行有其危险性，而更让柳易担心的是——她不是一个人旅行。

"如果我不答应，妳一样会去，是吗？"他问。

"是的，这是通知，不是询问。"

既然避无可避，柳易选择相信（不相信又能如何？）。

"妳需要多少旅费？"他又问。

夏小希答他给的零花钱已经足够，不需要再给。

"那么我需要让我父亲退回杨先生的两百万元吗？"他忽然天外飞来一句。

柳易的想法是——如果夏小希给的答案是肯定的，代表他俩还有戏；如果答案是否定的，那就不妙了。

"你想退就退，不需要问我。"她答。

夏小希没有明显说不，让柳易看到了希望，他接着问："妳想到哪个国家玩？"

"泰国。"

据柳易所知，杨泽岩来自新加坡，既然夏小希去的是泰国，这两人应该没有交集才是。

"那好，我等妳回来。"柳易说。

第六十四章/向左走·向右走（完结篇）

飞机从上海浦东机场起飞，目的地——新加坡。

"妳怎么跟柳易说的？"坐在夏小希身旁的杨泽岩问。

"我告诉他——我到泰国旅游。"她停顿了一下，"柳易正准备答辩，我不想让他分心。"

"我的意思是为什么我会收到两百万元的退款？"

原来柳易真让他父亲退了钱，这用意太明显了！

"大概他以为这样就能把你踢出局。"她答。

"那妳是怎么想的？"

夏小希想的可多了，此次拜访杨泽岩的家人，倘若被接受，事情可能还简单点儿；如果不能，她才头疼，因为要让柳易相信即使没有第三者，她也不愿跟他，这是非常残酷的事。

"柳易是我的家人，无论如何，我想把伤害降到最低。"她说。

"我知道，"他握住她的手，"我不会让妳为难的。"

6个小时后，飞机抵达新加坡樟宜机场，接机的是杨泽岩的堂哥，他说没想到夏小希会如此年轻，像个大学在校生。

"我已经毕业了。"她答。

"在哪儿高就？"堂哥问。

"还在找。"

"我们杨家在中峇鲁新开了一家面包店，目前缺个店长……"

杨泽岩插嘴说他不知道家里人还开了面包店，他堂哥答已有两年多了，目前新加坡有6家，马来西亚3家，未来还想开到全世界……

夏小希知道杨家产业涉及饮品、餐厅、酒店和游艇租赁，没想到现在又多了面包店。

"我喜欢吃面包，当面包店店长倒是不错的主意。"夏小希答。

哪晓得见到杨家二老后，话题都围着面包店转，还说一旦夏小希上手后，可以将店开到中国去……

回房后，夏小希问杨泽岩："你父母是不是不喜欢我？"

"为什么这么想？"

"因为他们满嘴都是生意经，似乎对我这个人不感兴趣。"

"傻瓜！"杨泽岩边笑边拥住她，"如果我父母不喜欢妳，未来的计划里根本不会有妳……对了，我们杨家不养闲人，譬如我那不靠谱的妹妹早早就被流放出去，所以妳要有心理准备，如果嫁进来，得为家族做出贡献才行，除非找到别的工作。"

夏小希陷入心慌意乱中，她没料到那么快就通过杨爸、杨妈的考核，还有，虽然她不介意卖面包，但是不是从此以此为生，还得好好思量一下。

其实杨泽岩的惊讶不亚于夏小希，他只是故意表现淡定而已。事后回想，他父母应该是看他已经三十好几，腿瘸了，加上又失业，种种不利的情况下，夏小希仍愿意跟他，应该就是真爱了，所以也不好太挑剔（换言之，如果杨泽岩还是原来的那个黄金单身汉，夏小希未必能被杨家人接受）。

总而言之，事情顺利得让人感觉在做梦，喜上加喜的是两天后令人兴奋的消息（通过面试）传来，这代表杨泽岩又重回自己的专业领域。

"小希，妳就是我的贵人，遇到妳，什么事都能化险为夷。"杨泽岩高兴说道。

夏小希当然也为爱人喝彩，没有什么比能从事自己喜欢的工作更加值得雀跃，只是杨泽岩激动过后，似乎有什么难言之隐。

"怎么了？"她问。

"公司要我3天内报到。"他无奈地答。

"工作是正事，当然得准时报到啊！"

"妳也跟我一起回去吗？"

夏小希想了想，她还没准备好面对柳易，所以决定留在新加坡当见习店长，顺便巩固与杨家人的关系。

"妳确定？"杨泽岩问。

"当然，也许我还能帮着将面包店引进中国，让你父母从此对我刮目相看。"

见夏小希如此积极乐观，杨泽岩很感欣慰，这也表示他能安心地只身回上海去。

就这样，他俩异地相思了三十多天，直到那个日子的到来……

"小希，妳一个人可以吗？"杨泽岩问。

"可以，我已经做好准备了。"

"要我载妳过去吗？"

"不用。"

夏小希与柳易约好在毕业典礼上见，她不打算食言，所以搭上飞回上海的班机，并于次日准时出现。

当柳易上台领取毕业证时，夏小希无比感动，像自己得到证书一样。

散场后，柳易笔直向她走来。

"恭喜你毕业。"夏小希献上花，"怎么没看到你父亲和我母亲？"

"妳多久没联系家里了？他们正在新疆旅行。"

夏小希感到错愕，她以为这两人已经渐行渐远，既然还一起旅行，代表感情还在，但柳易毕业终究是大事，缺席说不过去呀！

"妳是不是在想'柳易毕业是大事，缺席说不过去'？"他问。

被人猜中内心的独白，夏小希有些难为情，不过这也间接反映柳易有多了解她。

"事实上，"柳易紧接着做出解释，"是我不要他们特意回来一趟，因为我知道妳会来。"

"这有冲突吗？"她问。

"有，因为我没本事留住人，挺丢脸的。"

夏小希再次被暴击，怎么事情的发展仿佛按了快进键？更甚的是还没等她问，柳易就直接跳到结尾，问她何时与杨先生领证？

"八字还没一撇呢！"她答。

"那可不行，我都退出了，他再三心二意，我绝不饶他！"

于是夏小希把近日发生的事都告诉柳易。

"这么说，妳会待在新加坡一阵子？"

"是的，你呢？"

柳易说虽然物是人非，但他还是决定按照原计划进行，那就是移民美国，然后在那里创业。

"那么......祝你心想事成。"她说。

"谢谢！"

"这句话应该由我来说——谢谢你，柳易。"

"不，不需要，我说过如果妳有更好的选择，我会祝福妳。"

他们彼此沉默一会儿后，柳易问她何时回新加坡？夏小希答两天后。

"也就是说我们还有时间坐下来一块儿喝杯茶......不，还是不要。"

"为什么不要？"夏小希问。

"我怕我会反悔，又不让妳走了。"他叹了一口气，"咱们还是就此告别吧！"

当柳易转身时，夏小希喊住他，问他为什么知道她选择了别人？

"因为杨先生又把两百万元汇给了我父亲。"他答。

夏小希没想到会是这个原因，她还以为是自己的表情泄了密。

"柳易，你要好好的。"她说。

"我会的，"他笑得很苦涩，"妳也是。"

他们两人，一个向左走，一个向右走，即使不再有交集，但那曾有过的绚烂瞬间，依旧令人刻骨铭心……

（全文完）

【看不够吗？B杜的下一本言情小说《谢小桐》正等着您，以下是前三章，先睹为快。】

《谢小桐》

第一章/私自离队

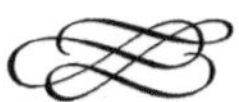

今天，教练告诉谢小桐得退回到省队。

"我才来国家队两年，请再多给我一点儿时间，我一定会证明自己的价值。"她说。

教练摇摇头，答："妳已经18岁，叶诗文16岁时就已经在奥运会上夺冠……放心，以后还有机会重回国家队，我看好妳，加油！"

打从四岁起，谢小桐便与游泳结下不解之缘，6岁进入区业余队（所谓的3线队）后，每天固定训练的时间在1到2个小时，等进入市队，强度加大，不过还能有一半的时间花在文化课上，一旦进入省队，那就不是闹着玩的，12000～13000米的水下训练是每天的标配，以致于只能利用晚间学习文化课（其余时间都让给了训练），她能感觉到自己与昔日同窗的学业差距越来越大……

在一次重要的省级比赛中，国家教练挑中了她，这对谢小桐来说，也算是天道酬勤的体现（天知道为了进入国家队，她吃了多少苦，受了多少罪）。哪晓得进入国家队没多久，谢小桐就陷入低谷期，她以为自己不会那么快被放弃，没想到现实比想象还要残酷。当"重回省队"的消息传来，谢小桐整个人傻住了，因为运动员的黄金时期很短，她不知道以她18岁的"高龄"，是否还能从省队崛起，再度冲刺奥运会？

正当她收拾个人物品，准备离开时，母亲打来电活，告知奶奶离世的消息。

谢小桐与奶奶的感情极好，听此噩耗，当场痛哭失声。其他队员见状，还以为她是因为离开国家队才情绪激动，纷纷好言相劝，让她更加无助与悲伤……

奶奶出殡后，父亲把谢小桐叫到一旁，说："奶奶是在睡梦中去逝的，没经过病痛，这是值得安慰的事，还有，她曾口头立下遗嘱，要把银行账户里的钱全留给妳，但妳只能将钱用在旅游上。"

谢小桐的奶奶一生都没有离开过从小生长的地方，如今她把"现金遗产"都留给了谢小桐，还备注只能用在旅游上（应该是心疼孙女平常太过劳累），可见她爱孙心切。

后来，谢小桐的父亲陪她一同上银行取钱，一共是15062元。

"妳奶奶一生节俭，这个钱是她从牙缝里省下来的。"她父亲对她说。

不用父亲提醒，奶奶的勤俭持家，谢小桐全看在眼里，所以内心充满感激。

"有了这笔钱，妳打算上哪儿旅游？"她父亲接着问。

"还没想好，等我回到省队，了解训练和赛事安排后，再做决定。"

虽然重回省队令她气馁，但谢小桐从未想过放弃，所以丧假一结束，她便收拾行囊到省队报到，奈何重回国家队的心实在太过急切，超时与超量训练的结果，导致她旧疾复发，队医说起码得休息两周以上……

"谢小桐，再过两个月就是全运会了。"教练对她说。

"我知道，但腰背拉伤了，我也没办法。"她答。

"也许妳到市队养伤，把机会让给后辈。"

"什么意思？我不过是一时受伤，又不是从此游不动了。"

教练要她冷静点儿，这不是和她打商量吗？如果不愿意，他也不强求，毕竟劝退也得走程序。

与教练谈话过后，谢小桐越想越气，没报备就私自离队，这是犯大忌，最糟糕的情况很可能再也不能回归。

"小桐，妳想清楚了吗？"她母亲问。

"想清楚了。"她边打包行李边答，"反正队医说得休息两周以上，我索性度假去。"

"我的意思是——妳不给省队打声招呼吗？他们正等着妳表态。"

所谓的表态就是为自己的鲁莽行为道歉，而她不想在这个节骨眼上给自己添堵。

"等我回来再说，如果心情好就道歉，如果心情不好就免谈。"她答。

"那也好，路上小心点。"

她母亲一答完，又重回小说世界里。

听去世的奶奶讲过，当年谢小桐刚满月，她母亲就敢把她放进婴儿车里，然后推到门口的大树下，来个眼不见为净，自己回屋看小说去（现在看来，对首次出国旅游的女儿只道声小心点，也就不难理解了）。

这类离谱的事情经历多了，也难怪谢小桐总感觉自己有两个母亲，一个活在现实生活中，另一个则活在虚无缥缈里；反观谢小桐的父亲，虽然他也做梦，但无疑靠谱很多，譬如下班后还会勤勤勉勉地做画，每年总能卖出一、两幅贴补家用。

"爸，妈好像经常做白日梦，你也不管管？"某天，她问父亲。

"妳母亲若不做梦，也不会嫁我，何况她偶尔的灵魂出窍还是我做画的灵感来源。"

真是一个愿打，一个愿挨！不过有句话倒是说对了，那就是以她母亲的家境，如果不是脑袋不清醒，还真下不了决心下嫁，而那次的一意孤行也直接导致与原生家庭的决裂，直到现在都还没有缓和迹象，家族中大概也只有舅舅还愿意搭理他们一家。

"小桐，我无儿无女，妳就是我的女儿，即使妳想要天上的星星，我也会摘下来送给妳。"舅舅曾对她说。

年纪渐长，她开始质疑话里的真实性，某天，她真的对舅舅说她想要天上的星星，没想到几天过后就收获一整盒的施华洛世奇八角珠水晶，五颜六色，煞是好看！

然而谢小桐的"星星"梦很快就被她奶奶给扼止了，理由是年轻人不该被华而不实的东西蒙蔽双眼，应该追逐更高一层的内在升华……

水晶被送回去之后，舅舅曾私下对她说："我先帮妳收着哈！妳随时可以要回去，还有，等妳再大一点儿，我会给妳买各色珠宝和钻石，只要妳开心。"

其实，谢小桐对珠宝首饰的兴趣不大，之所以这么要求纯属"打假"，结果舅舅非但没食言，还应允她更多，待她之好及经济实力之强可见一斑。

"小桐，"她母亲忽然从小说世界里抽离出来，"妳舅舅知道妳离队后，说想见妳。"

"什么时候的事？"她看了一眼墙上挂钟，"飞机还有五个小时就要起飞了。"

"不是还有五小时吗？"她母亲反问，"他家就在飞机场边上。"

"在飞机场边上"纯属胡说八道，不过离得不远倒是事实。

"好，上机前我顺道过去拜访一下。"她答。

第二章/多金舅舅

因为家族背景雄厚，谢小桐的舅舅很早就实现财务自由，但近年来似乎更加发达，这可以从他出手越来越阔绰且房屋越换越大中看出，好比眼前的这一栋，地下两层，地上三层，有个大花园，占地面积超过2亩，屋内装修豪华，像个皇宫似的。虽然地理位置偏了点儿，但仍十分优越（5分钟就能上高速公路且配套设施相当完善），周遭环境绿树成荫、鸟语花香，是一个非常宜居的安静小区。

"小桐，妳来了。"她舅舅从房内走出来迎接，身上仍穿着居家服，"怎么还带着行李？"

"我坐晚上6点多的飞机到巴厘岛。"她答。

"这抵达巴黎不得十多个小时？"

谢小桐纠正是巴厘岛，不是巴黎，印度尼西亚的那一个。

她舅舅噢了一声后，看向客厅的古董钟，接着说机场就在附近，还来得及喝杯果汁再走。

谢小桐其实不愿火烧屁股了才赶路，但喝杯果汁的时间是有的，于是坐了下来。不一会儿，佣人便端上清甜的西瓜汁，喝起来甘冽爽口。

"怎么想去巴厘岛，而不是巴黎？"他问。

"因为我的旅费只有一万五，去不起欧洲。"

"一万五？这够干啥？"

一说完，她舅舅立即找来手机，直接转了十万元给她，还表示不够再说。

谢小桐今年才拥有自己的银行卡（以前未成年，银行卡与父亲的账户关联），她舅舅并不知情。换言之，这笔从天而降的财富极可能被父亲半路拦截并退回，但谢小桐没明说，因为逝去的奶奶曾告诫她——收下不属于自己的东西，最终都会以别种形式失去更多。

"舅舅，你去过巴厘岛吗？"她问。

"没有，我不去东南亚。"他答。

"为什么？"

"危险。"

谢小桐不知道舅舅的判断从何而来，但很多外国人到巴厘岛度假是不争的事实，应该还是相对安全的。

"妈说你找我，有事吗？"谢小桐没忘记此行目的，遂提醒。

"妳不说，我还真忘了。"她舅舅笑了，"听说省队教练找妳麻烦，他叫什么名字？"

"你想干嘛？"

"用钱疏通一下。"

这个想法立即被谢小桐给否绝了，她宁愿被开，也不想走后门。

"我是担心妳受欺负，既然妳觉得不好，我就不试了，妳知道我不会做令妳不开心的事。"

"谢谢舅舅！"她看了一下时间，"我该走了。"

"我送妳。"

"方便吗？"

"方便，我每天就上上电脑，时间多的是，而且妳还没看过我新买的车呢！"

谢小桐的舅舅新近买了一辆帕加尼Zonda HP Barchetta，是帕加尼汽车公司创始人奥拉西欧·帕加尼亲手设计的，全球限量3台。

毫无疑问，当这辆宝蓝色跑车抵达航站楼时，立即引起骚动。紧随其后的是一辆劳斯莱斯，两名西装革履的男人下车将谢小桐的行李箱从车上取下后，接着就站在雇主身边眼观六路、耳听八方。

（注：帕加尼Zonda HP Barchetta只有2人座，无后备箱和前备箱，所以不具装载物品的空间。）

"小桐，妳难得出去旅游，我让我的保镖跟着妳。"

听舅舅这么一说，谢小桐吓坏了，扬言若要保镖跟着，她宁愿取消行程。

"我这不是担心妳吗？"她舅舅说。

"我没钱，谁会对我感兴趣？再说，我虽然没学过武功，但体力好，跑得又快，想扳倒我，还得有点儿真本事，所以……真不需要。"

话都说到这个份上，她舅舅也只好屈服，叮咛她注意安全后，与保镖一起扬长而去。

兴许是猜疑心在作祟，一路上，谢小桐不时左顾右盼，害怕舅舅食言（实际又安排保镖跟在她身后）。直到上了飞机，她才真正放下心来。

"飞机会在香港转机，"她心想，"抵达巴厘岛是隔日清晨七点多，我可以在机上睡个好觉。"

第三章/身无分文

谢小桐在乌布订了一个专供女性居住的青旅，价格不便宜，一个床位每晚就要60万印尼盾，但重在安全性高（只限女性居住），位置好（靠近乌布皇宫和圣猴公园），包早餐（多吃点儿，中午那餐可省下来），且有免费课程（譬如冥想课、瑜伽课等）和免费服务（譬如按摩、美甲等）。

她在青旅待了两天，把免费课程和免费服务都体验完毕且四周步行距离可达的景点也都参观了，这才租了辆摩托车，开始环岛大冒险。

第一天，主要在北部地区探险，包括德格拉姆梯田、Tegenungan瀑布、艺术市场、海神庙等。

第二天往南，参观了一些著名海滩和据说是爱情圣地的情人崖（在谢小桐看来，这个情人崖就是一个面朝大海的普通断崖，唯一跟爱情扯上边的大概是一个用石头堆砌起来的心形石雕，适合情侣拍照打卡）。

由于抵达情人崖时正逢日落，谢小桐找了个临崖酒吧，边饮鸡尾酒边将美丽的夕阳拍下，哪知一只顽猴趁她不备，抢走了放在桌上的斜挎包。

兹事体大，她赶紧跟酒保要来一碟花生。

"Hello，花生给你，包还我。"她好声好气地对猴子说。

然而可怕的一幕发生了，猴子扔下包，跑过来领赏，谢小桐就这么眼睁睁地看着她的包直下三千尺……

"老天！"她一把抓住猴子，"看你都干了……"

话还未说完，谢小桐的右手臂就被狂躁的猴子给咬了一口，留下一道约3公分的齿痕，上面血迹斑斑。

酒吧内的客人都见证了这难以置信的一刻，谢小桐呆在原地，既狼狈又无助……

"让我看看妳的伤口。"一名小伙子走过来对她说，说的还是普通话。

难得遇到救星（还是个同胞），谢小桐很配合地伸出受伤的右手臂。

"妳的手需要看医生，但去医院之前，得先消消毒，妳稍等。"

男子说完，跑到吧台说了几句，再出现时，手里拿着一瓶威士忌。

"可能会有些痛，妳忍忍哈！"他说。

当威士忌冲洗伤口时，谢小桐倒不觉得有多痛，但她的心很痛，那瓶威士忌得多少钱啊？！

"好了，现在可以上医院了。"他停顿了一下，"妳有朋友可以载妳过去吗？"

谢小桐本来答没有，但再一想，这岂非证明她是独自旅行？那太危险了！遂改口"目前"没有。

男子愣了一下，因为他分辨不出两者有什么不同。

"要我载妳过去吗？"他又问。

"我……我还没付酒钱……"她涨红了脸，"事实上，我现在一分钱也没有，因为现金和银行卡都在包内，而包已被猴子扔进大海里。"

话说完，对方仍保持沉默，这让谢小桐感到害怕，毕竟谁都不愿将麻烦揽在身上。

"不用担心，"男子终于开口，"跟我走就是。"

当他俩经过收银台时，男子扔下一沓纸钞就走，谢小桐心想："这是连同我的酒钱也一并付了吗？"

"妳在干嘛？我的车在这边。"

听男子这么一喊，谢小桐回过神来，快步跟上。

作者介绍

在异国的背景下加入缠绵悱恻的爱情故事是B杜小说的一大特点，她的文笔清新、笔触诙谐、画面感很强，读完小说有种看完一部爱情偶像剧的感觉，特别适合怀春少女及对爱情有憧憬的女性阅读。

另外，B杜还创作了散文、严肃小说、系列小说等，欢迎关注。

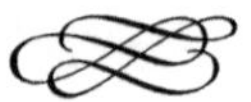

夏小希（繁體字版）

Miss Xia （in traditional Chinese characters）

* * *

《法兰西情人》Love in France

《东瀛之爱》Love in Japan

《新西兰之恋》Love in New Zealand

《英伦玫瑰》Love in England

《爱在暹罗》Love in Thailand

《情定布拉格》Love in Prague

《狮城情缘》Love in Singapore

《爱上比佛利》Love in Beverly Hills

《梦回枫叶国》Love in Canada

《早安，欧巴》Love in Korea

《我在苏黎世等风也等你》
Love in Switzerland

《迪拜公主的秘密情人》Love in Dubai

《马力历险记1之地球轴心》The Adventure of Ma Li (1):
The Time Axis

《马力历险记2之黄金国》The Adventure of Ma Li (2):
Eldorado

《马力历险记3之可可岛宝藏》

The Adventure of Ma Li (3):The Treasure of Cocos Island

《B杜极短篇故事集 (1 ~ 100)》A Word to the Wise (Tales
1 ~ 100)

《B杜极短篇故事集 (101 ~ 200)》A Word to the Wise
(Tales 101 ~ 200)

《B杜极短篇故事集 (201 ~ 300)》A Word to the Wise
(Tales 201 ~ 300)

《B杜极短篇故事集 (301 ~ 400)》A Word to the Wise
(Tales 301 ~ 400)

《B杜极短篇故事集 (401 ~ 500)》A Word to the Wise
(Tales 401 ~ 500)

《B杜极短篇故事集 (501 ~ 600)》A Word to the Wise
(Tales 501 ~ 600)

《B杜极短篇故事集 (601 ~ 700)》A Word to the Wise
(Tales 601 ~ 700)

《巫觋咖啡馆之梧桐路篇》

出版社介绍

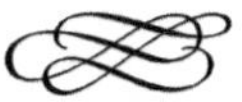

如意出版社（Luyi Publishing）在英国注册，致力于将优秀作品介绍给全球读者，联系方式如下：

邮箱1: Luyipublishing@163.com

邮箱2: Luyipublishing@gmail.com